作 者 简 介

　　乔叶，北京作家协会副主席，中国作家协会全委会委员。著有《宝水》《最慢的是活着》《认罪书》《走神》等多部作品。获茅盾文学奖、鲁迅文学奖、《人民文学》奖、《小说选刊》年度大奖等多个奖项。

制高点文库·散文

乔 叶 著

乔叶自选集

在 灯 光 中

百花洲文艺出版社
BAIHUAZHOU LITERATURE AND ART PRESS

图书在版编目（CIP）数据

乔叶自选集 / 乔叶著. —— 南昌：百花洲文艺出版社，2024.2
ISBN 978-7-5500-5441-7

Ⅰ.①乔… Ⅱ.①乔… Ⅲ.①散文集–中国–当代 Ⅳ.①I267

中国国家版本馆CIP数据核字（2024）第004741号

乔叶自选集
Qiao Ye Zixuanji

乔叶 著

出 版 人	陈　波
责任编辑	郝玮刚　蔡央扬
书籍设计	方　方
制　　作	何　丹
出版发行	百花洲文艺出版社
社　　址	南昌市红谷滩区世贸路898号博能中心一期A座20楼
邮　　编	330038
经　　销	全国新华书店
印　　刷	湖北金港彩印有限公司
开　　本	720mm×1000mm 1／32　印张 7.875
版　　次	2024年2月第1版
印　　次	2024年2月第1次印刷
字　　数	180千字
书　　号	ISBN 978-7-5500-5441-7
定　　价	58.00元

赣版权登字　05-2024-3
版权所有，盗版必究
邮购联系　0791-86895108
网　　址　http://www.bhzwy.com
图书若有印装错误，影响阅读，可向承印厂联系调换。

前言

抓住当代中国散文的"纲"

王久辛

在中国当代文学中,散文似乎没有小说的地位显赫,写散文的作家似乎比写小说的作家分量要轻?而且写散文的作家若再从艺术上考量,似乎较之写诗歌的又显得弱了则个?我不以为然。

我们可以把散文放到中华五千年文明史,特别是有文字之后的三千年历史上来看,我以为孔子的儒家思想与老子的道家思想,这两个中华思想渊源上的学说,运用的阐释、表达与传扬的体式,恰恰都是散文。我们看看《论语》,再读读《道德经》吧?那哪一篇哪一章不是散文呢?散文这个体式,承载着传继中华文明的历史重责,包括先秦诸子百家与唐宋八大家,以及之后明清民国的康梁"直滤血性""炙热飞扬"直击人心的澎湃文章。严格考究一下,毫无疑问,一以贯之,都在文脉上,那结论自然肯定是非散文莫属的啊。

且那风骨、那风华、那坚韧饱满、那犀利厚实的文风,辞彩熠熠,贯通古今,令我至今思过往,不肯认今朝啊!

所以说,散文在传承文明、教化民风民俗上,一直都是扛大鼎的。虽然说"《诗》三百,一言以蔽之,曰:'思无邪'",确也在淳化民风世风与文风上,发挥过不小的作用,然而若与散文较起真来,就显得"阳春白雪"了。那么小说呢?鲁迅先生在《中国小说史略》中,的确是追溯到了小说的历史可以直达秦汉,然而事实上,小说却一直都是引车卖浆者流的街谈巷议,属于"上不得庭堂,入不了庙堂"的市井嬉戏。对人当然会有些影响,亦无大碍,几乎没有哪朝哪代把小说当作教化民风民俗的工具,它倒是常被当作伤风败俗的玩意儿加以防范,甚至遭遇查封禁止。而散文就大不相同了,不仅士大夫上奏文书要用,后来的科举考试,纵论策论之类治国安邦的道德文章,也都是要考的,而所用文体,也统统都是散文。可见经国之大事,须臾不曾离开,散文乃我国之重器也。

确是。如果往小往下说说呢?相对于小说,散文似一位平和严谨的雅士;相对于诗歌而言,散文则又显得和蔼诚挚,像一位厚道的兄长。虽然诗歌更古老,可以说是散文小说的老祖宗。但从对文字的苛求上看,诗歌还真是比小说散文要规矩得多,也严格得多。尽管诗歌骨子里的自我与自由放肆,也是顶级的。好在语言上,诗歌还是抠得紧,水分也拧得干净。不过呢?在作家的笔下,小说描写人物命运的跌宕起伏,性格冲突,情节铺陈,较之诗歌来,那又是碾压式的覆盖,几无可比性；倒是散文敢于负隅顽抗，因为与小说比较起来，我们看到的《边城》《城南旧事》等等散文化的小说，似乎就在嘟嘟囔囔：我有我的表现方式，而且我还可以更诗意更优雅地表达，既可以有小说惯常的叙述，又可以有诗意的深情挥洒，岂不更妙吗？是的是的，散文甚至还可以有哲学的玄思冥想、史学的深耕渊博。若再比较一下，小说岂敢在叙述中大段大段地讲述哲学原理、大肆兜售历史知识？即便偶尔冒个险，那也常常会招来各种非议，挡都挡不住。包括诗歌，那更不敢乱来了，两三行下来，出离了意境，读者立刻就会撂挑子翻篇儿不看了。这样说来，散文最是恰到好处，有人文历史、哲理思想、山水田园、现场纪实，还有五花八门的各样散文，自由得一塌糊涂啊。然而呢？也许正因为有这样的"一塌糊涂"，读者反而不知如何选择了。尤其改革开放45年来，出版界出现了空前的大繁荣，古今中外图书应有尽有，如果没有一个主心骨，进了书市还真是目不暇接、眼花缭乱，究竟该如何选择，果然是个大问题呢！因为他们不知道该读哪一种散文，且不知道哪一位作家的散文能开启他们的心智灵性，哪一位作家的散文又能够别有洞天地引领他们进入一个新天地，总之，他们明确地知道要读散文，然而却又失去了选择什么样的散文才算正确的标准。这可怎么办呢？

莫急莫急，这其实不难。只要我们把最优秀卓越的作家作品出出来，问题不就迎刃而解了吗？然而说得轻巧，优秀卓越的作家作品在哪儿呢？这才是问题的关键。莫急。古人早在《尚书·盘庚》中，就提供了一个好办法，即"若网在纲，有条而不紊"，说的是抓住了关键环节，一切都不在话下。这与"壹引其纲，万目皆张"和后来演化出的"纲举目张"，都是一个道理，就是说：在处置各种复杂问题时，只要紧紧抓住关键的、主要的矛盾——"纲"，之后的"目"，也就自然而然地张开了。我这样征引比方的意思，是想拿这次由我主编的百花洲文艺出版社的"制高点文库"来拆解这个难题。我们说，环顾当下东西南北中，优秀作家层出不穷，且林立如山，到处都是拔地而起的三山五岳，而他们的佳作又卷帙浩繁，哪位作家是优秀卓越的呢？总得有个标准吧？所以啊，还是要按"纲举目张"法，首先要抓住那些至少在我们国家获得了举世公认的文学大奖的作家，他们都是经过真正的专家反复遴选出来的，无论思想的成熟与新锐度，还是艺术的丰富与先锋性，都较之一般优秀的作家更卓越。是的，我指的是茅盾文学奖、鲁迅文学奖的得主。这两个全国最高的文学大奖——茅盾文学奖 1981 年设立，至今 42 年；鲁迅文学奖 1997 年设立，至今 26 年，若加上 1986 年创立的前身全国优秀中短篇小说奖、全国报告文学奖和全国优秀散文杂文奖，至今亦已 37 年啦。几十年一晃而过，虽然偶有异议，但口碑仍在。无论在作家中，还是在出版界与广大读者中，这两个奖项至今仍然具有崇高的信誉与荣誉。所以，与其去漫无边际地找，不如抓住这些大奖的得主之纲，以"纲举目张"的方法，实现以一当百，表率天下，坚持不懈，打出品牌，来满足广大读者阅读的渴望与需求。在我与百花洲文艺出版社看来，如果抓住这个关键，立刻下手，凭借这些获奖作家所具有的卓越品质与才华，推出一批崭新的经典佳作，应该没有什么问题。我们共同计划，以"制高点文库"来集结获奖的诸位大作家，试图将最优秀卓越的作家作品，奉献给广大的读者，奉献给我们这个伟大的时代。

作为这套书的主编，我内心欣喜无比。此刻，我已夜以继日伏案通读了各位大家的佳作，得到了高境悠远、闳言崇议、挚爱深情、才气纵横的强烈感受，一个个真不愧为文坛翘楚啊！老子曰："道生一，一生二，二生三，三生万物。"今得此之一，让我信心满满。咱这一库新著锦绣尚未央，隔年再看，依然是花团锦簇才子梦笔写华章。且慢，且慢。在这里，我先代表出版社谢谢大家，再代表诸位大家，谢谢出版社啦。一帆恳，都在风波里，努力前行，叹息在路上，收获也在路上，加油。

2023 年 8 月 5 日凌晨于北京

目
录

回头去看更年轻时

回头去看更年轻时 / 3

关于麦子的若干事 / 15

你是去跳舞吗 / 23

删与不删 / 27

逛市场记 / 31

都好起来吧 / 39

卧铺闲话 / 43

听秋风 / 55

在桃花峪看黄河 / 59

福德湾清闲记 / 65

茶的海 / 71

村庄的细节 / 77

忽然六题 / 83

赊店春雨 / 91

这一道揽锅菜 / 97

中牟的距离 / 101

柴火妞的盛宴 / 105

胭脂河水长 / 115

紫阳老街的老 / 121

河流与树 / 127

这一脉漳河水

这样的前辈 / 133

这一脉漳河水 / 137

那张桌子 / 141

遥望柳青 / 145

我的两院 / 159

在本名和笔名之间 / 165

老实与不老实 / 167

生活家的诗 / 173

有关《七粒扣》的几个词 / 179

源头种种 / 183

抵达这信 / 187

樟木头和文学的关系 / 191

这一块压舱石 / 197

我们的村庄 / 201

只是征行自有诗 / 205

宝水如镜,照见此心 / 209

创作谈一种 / 223

在灯光中 / 227

回头去看更年轻时

回头去看更年轻时

自感人到中年后,有一段时间常用的句式是"在年轻时",说了好些回,忽然觉得这话有毛病。比如四十岁时说这话,是觉得二十来岁时是年轻时,到四十五岁再说这话,就觉得三十岁也还是很年轻。及至现在,甚至觉得四十岁也是年轻时。所以,就这心态而言,有一天说不定——这简直是一定的——会觉得五十岁也是年轻时,因为说实话,即便现在即将五十,也不觉得自己很老。那就干脆把余地留够,回忆当年事时,就说"更年轻时"吧。

我没有读过高中,初中毕业参加中考,目标是彼时很热门的中等师范学校,中师三年毕业后在老家乡下教了四年书,二十一岁时才到县城去工作,在那之前主要生活在乡下。当时觉得乡下各种无聊烦闷,现在想起来,居然能扒拉出很多事,虽都是小事,却也可堪一记。

比如打工。中师第一学年结束后的暑假期间——那时十五岁,我打过一次小工,算起来,那该是我的第一份工作。那时节,我杨庄村的街坊里有一位姓吕的伯伯,常年带着建筑队在十里八乡盖房子,家里过得很殷实。见我喜欢开玩笑,说我是娇学生,"别看你长得圆盘大脸,肯定肩不能提,手不能拎。"我很不服。他说："来我这里干一天，你就知道我说得对。不叫你白干，你哪怕胡跟一天，我就给你算一天的钱。"我就赌上了气，暑假的时候便跟着吕伯伯去打小工。

建筑队里，小工就是给大工打下手。大工干的是砌墙上梁之类的技术活儿，很有派，工钱也多。那些没技术的，就只能打小工，也就是和泥、送泥、搬砖、递砖，快吃饭的时候给厨娘烧火洗菜，等等等等。盖着盖着，房子盖到了二楼，砖不能平地送了，要一个人在楼下往上扔，一个人在楼上接。扔也没什么，有力气就往上使，对方没接上，砖砸下来，也砸不着我。难的是接。可怕什么来什么，有一天，吕伯伯就点名让我接砖。我心很怯，又不想被他瞧不起，正强撑着，他也看了出来，说："没啥。别人能干，你也行。只要你大起胆子，就不怕砖。砖怕你。"

上上下下的人都看着我，我手有点儿抖。第一块飞砖上来，我到底没敢接。侧身躲了一下，砖砸到我脚边，摔成了两半。

吕伯伯站在我近旁，又说："你只管接。接不住，有我呢。"

我稳住了心神。砖再飞上来，我便伸出手，接住了。众人大笑。我往后一看，不知道什么时候，吕伯伯就退离了我有两大步远呢。我要是接不住，他也根本没打算替我出手。——幸亏我接住了。清晰地记得，砖到手里的一刹那，沉沉地往下压了一压。我顺着势低了低手，也就接住了。

不就是一块砖嘛。真的一点儿也不可怕。

之后就是越接越熟，后来一次能接两三块了。再后来，我和下面扔砖的工友还做起了游戏，他们扔时故意变换着方向，像打球似的，我就追着砖跑，像接球似的，很有些乐趣。不过因为有点儿危险，被吕伯伯呵斥了几回，也就罢了。

这份工作，我干足了整个暑假。开学前，我盘点了一下成果：赚了一百多块，晒黑了，手心里的血泡磨成了茧子。把这体会写了篇文章参加了一个全国作文大赛，题目叫《翠姐》，现在想来就是篇小小说，虽是第一人称叙述，却虚拟出了一个一起打工的女孩，给她编织了一些楚楚动人的故事，大约是这文章很讨喜，得了一个三等奖。

年龄渐长，没有再干过这种活儿。直至今天，都没有再接过砖。不过从此见到建筑工地的民工就有同事的亲切感，偶尔见到砖也仍会拎起来试试手感。我相信，要是再站到房顶上接砖，我还是不会再怯的。这种本事有些类似于骑自行车或者游泳，既然会了，就不会忘。

中师第二学年的暑假，还卖过一次西瓜。当时不知母亲怎么想的，非要种西瓜。结果种出来的西瓜结得又小又少，且皮厚味酸，简直没有一点儿可取之处，自家人都懒得吃，嫌弃得很。母亲却非要我去卖，还让对门一个叫亮亮的男孩陪我一起去卖，亮亮比我小一两岁，有点儿虎虎的，平日里爱和我没大没小地玩。于是，我们姐弟两个在母亲的督促下，骑了个三轮车，组队出去卖西瓜。那时卖瓜一般都要到城里去的，我们没敢去，就只在城乡接合部转悠。转悠了半下午，也没卖出去几个。直到黄昏时分，该回家了，忽然有两个男人喊住了我们，说要买瓜。两人都醉醺醺的，一股酒气。是从中午喝到了这会儿吗？亮亮把瓜切开了一个三角口，给他们尝。这是卖瓜的小伎俩——三角口切得深且尖，就能切到瓜心部分，瓜心是最甜的。一个男人吃了一口便大呼好吃，说："全要！全要！"我们按捺住欣喜若狂的心情，把瓜一股脑儿地给了他，连编织袋都不要了，拿了钱仓皇逃窜，仿佛是行了好大的骗，又仿佛是捡到了天大的便宜。

中师毕业时我十七岁，现在想想简直就是个孩子，可当时觉得自己已经很大了。没有好好教书，也没打算当一辈子老师。教书的镇子离我的村子三里地。上的虽然是中师，却是在方圆几十里最大的城市焦作上的，自我感觉就很有一些见识，行事做派也颇有些文艺，比如读书看报写信弹吉他等等，一时改不掉，也压根儿没打算改，在村里人眼里，便说这是"带样儿"了。

其中最带样儿的，便是散步。在我老家，散步不叫散步，叫"游一游"，也可能是"悠一悠"，反正就是这个音儿，音调是阴平。当时觉得真是土气，现在读来却觉得备有诗意。游一游时，如鱼在水。悠一悠时，如荡秋千。

散步的习惯是在学校养成的。每天晚饭后会和相契的同学沿着操场走几圈，一边说闲散话一边消食。在乡村，晚饭吃得早，吃完也才刚刚暮色四合，最适合散步。

我便出去。

"去干啥呀？"

"悠一悠。"

"有啥？"

我明白过来，便正色道："走走路。"

"锻炼哪？"

"嗯。"

"年纪轻轻，怪知道保养身体呢。"

"嗯。"

这样的问答很是无聊，所以就绝不能在村里多待。我便朝村外走。村里通往镇上有一条路，是最大的路，宽展平直——如今想来也不过是条双车道而已。我就在这条路上走。白天在这条路上，是为了去学校上课。晚上在这条路上，却只是为了游一游。

不时会碰上晚归的村人，见面依然是要打招呼的。即使夜色深浓，他们看不清我的面目，也是要执着地打个招呼。

"是不是二妞呀。"

"嗯。回来啦。"

"回来啦。你这是去哪儿啊？"

…………

无比烦人。可是又不能走那些偏僻的小路。小路上总归是不安全的，会有蛇，有青蛙或者蛤蟆，树叶也多。

更有意思的是，有闲话渐渐传来，说我有心事。不然黑漆漆的，不在家里好好看电视，去荒天野地的大路上走啥呢？有心事，这在乡村，算是风评不良的含蓄前奏，接下来，要么会说你精神有问题，要么会说你品行不端正。母亲和奶奶断然不能容忍这个，便试图阻拦我。我不肯妥协，寻思了一下，便游说了几个同龄的女孩子晚上一起出去。居然成功了。

现在想来，那些乡村女孩子虽然整日脸朝黄土背朝天地劳作，就生活表象而言和我差异颇大，但骨子里，她们也和我一样，都有一颗文艺的心。只是她们比我胆怯。她们也很想出去悠一悠，就等一把外力。我便是很适合的那种外力。作为吃皇粮的公办教师，我的身份可谓是"乡村贵族"，我去邀请她们，在她们看来很有面子，家里人都不好反对。而我有了她们的陪伴，便人多势众，在行为的正当性上也更有了说服力。

母亲和奶奶都不说什么了，村里人也都不说什么了。悠一悠，渐渐就成了村里年轻人的一种风尚。女孩子们出来了，男孩子们也都出来了，邻村的女孩子们和男孩子们也都出来了。你能想象吗？这样的夜晚散步，成了一种心照不宣的集体约会。没有路灯的乡村路上，或浓或淡的夜色里，一个又一个身影，一群又一群身影，他们走过来、走过去。女孩子们说着衣裳和化妆品，有些矫情地娇笑着，男孩子们故作成熟地抽着烟，打火机明明灭灭……有时候还会唱起歌来，唱当时最流行的歌：《梅花三弄》《大海》《路边的野花不要采》《童年》……这边女孩子们唱，那边男孩子们也唱，比赛似的，此起彼伏，有时候居然还会合唱起来。却也常常唱不到头儿就笑场了。

暗夜里应该是看不清面貌的，但互相之间却分外熟悉起来。远远地看见那个身影，就知道是他或者她、他们或者她们。待到了白天，辨识也更容易。一两年后，这些男孩子和女孩子里，有几个谈了恋爱，也有几对订了婚，还有一对结了婚——结婚的人，他们就不出来了。也有男孩子喜欢上了我，去我家提亲。我断然拒绝了。怎么可能呢？我怎么可能长长久久地在乡村待着呢？我暗暗地觉得，他的提亲简直就是对我的侮辱。我觉得自己注定是要到更大的世界去悠一悠的。这乡村路上的悠一悠，于这个早就下决心要逃离乡村的少女而言，不过是对往昔城市生活的重温和致敬，也不过是对未来城市生活的抚摸和预习。

那几年间，为了逃离乡村，我做过一些不靠谱的努力，去某报社应聘编辑，去某省电视台应聘编导，都碰了壁。好在还是年轻，不怕碰，碰了也能很快恢复弹性，并且有滋有味地把碰壁的过程写成文章。很多年后，有位前辈语重心长地告诉我：文学能容纳和转化一些生活。如果你把文学当成最大的底牌，就没有不值得过的生活。诚哉斯言。——最终还是因为写作的缘故，我被调到了县城工作。

县城有好几条主干道，每条主干道上都有路灯，县城的人都喜欢散步，我再也不是一个异类，也再也不用开风气之先了。我的颇有点儿浪漫色彩的乡村散步史，便也到此为止——我必须诚实地承认，之所以回忆起来有点儿浪漫，是因为此时已经成为回忆，且是乡村局外人的无耻回忆。有一首知青角度的歌，是叫《小芳》吧："村里有个姑娘叫小芳……"我非常清楚，自己文字里的这种乡村夜色，是另一种意义上的小芳。

对了，那几年在乡下时，还发生过一件事。那是一个夏日的午后，母亲要去给玉米喷农药，喊我去，我先是拒绝道：

"我又不会喷药,让我去干什么?再说我还要看书呢!"母亲说:"不是让你喷药,因为喷壶太沉,我背不上肩,让你去帮我往肩上送送喷壶。你可以带书去,坐在井边的树荫下看书。"

我满脸的不高兴,又实在找不出搪塞的理由,只好去了。

没有一丝风,天热得正狠,玉米长得还不及膝,一脚便可踩折一棵,所以走在田间需要格外小心。我帮母亲背上喷壶之后,便坐在树荫下,毫无意识地看着她缓缓地在玉米地的空隙间移动。

喷药是玉米生长期间必需的一道工序,就是用定量的药兑上定量的水装在水壶里,然后左手压杆,右手挥动喷壶嘴儿,均匀而细致地为每一棵玉米镀上一层"保护衣"。喷壶灌满后至少要有三十斤重,每次回来,母亲的背都是湿透的,不知是汗水还是药水。

我对母亲说,下次不要装那么多了。母亲说,傻丫头,好不容易来回跑一趟,太少了不值得。看着母亲脸上的汗水,我勉强表态说,我也试试吧。说这话的时候,自己也觉得语气里明显缺乏诚意——我实在畏惧喷壶这种充满了怪味的重物,可我已经这么大了,比母亲还高,目睹母亲的劳累而毫无态度,自己也觉得说不过去。内心里希望母亲能拒绝,也觉得母亲大概率会拒绝。母亲果然说,不用了,你不会。再说我已经沾了手,就别染上你了。你看你的书吧。

我在心底暗暗地长嘘了一口气,居然觉得如释重负。

最后一壶药喷完的时候,已经夕阳西下了。母亲边洗手边问我："怎么样？热不热？"我说："还好，就是井边的蚊子太多。"母亲担心地问："咬出疙瘩了吗？回家赶紧用清凉油搽搽……"我们就这样有一句没一句地聊着闲话回到家里。回家后的情形我已经记得不大清楚了，只知道母亲吃完饭后简单洗漱了一下就躺在竹椅上，一睡一整夜，而我继续看书看电视，消磨到深夜，方才款款睡去。

一晃多年过去了，母亲因患脑溢血去世也已多年。冥冥之中，我一直清晰地记得我们母女生活中最平凡最微不足道的小事。每次想起，都会诧异于自己彼时的简单和懵懂，亦或者是自私和无耻，且竟然到了不自觉的坦荡的地步。似乎以为天下母亲就是如此溺爱孩子，而作为孩子也该享受如此溺爱。

是的，这当然是溺爱。大千世界，父母对儿女的溺爱有各种各样的方式：富贵人家让儿女一掷千金，小康门户让儿女精吃细咽，而我的母亲，一个拙辞讷言的农妇，一位年过半百的人母，对我最常见的溺爱就是那个盛夏午后田边井旁的清凉绿荫。而那时的我，身体懒惰，心灵肤浅，矫情地谦让之后那种坦然的享受，便是她彼时最大的安慰。

——亏得我那时还那么爱读书。读的书，可真是都读到狗肚子里去了啊。

不过话说回来，还是得感谢读书。所谓的读万卷书，行万里路，而其实，万里路是万卷书，万卷书又何尝不是万里路？这印在纸上的道路，每一条都既宽阔又深邃，且不可复制。在这纸上的道路行走多年，让我由更年轻变为年轻，又由年轻变得不那么年轻。年龄增长着，却没有徒然老去，有了虽是缓慢却也不曾停滞的长进。

比如年轻时吃喝用度都爱去认牌子认价格认品级，现在就随性得很，再鲜明的对比也不能对我造成伤害。单说茶吧，就一条：有茶喝就好。在何时到何地，就喝怎样的茶。称不上是茶的花茶：桂花茶，菊花茶，玫瑰花茶，茉莉花茶，栀子花茶，是好的。搁不住两泡的袋装茶，也是好的。实在没有茶，只有烧开的白水，也是好的。甚至，更好。谁知道呢？已明白，茶汤在杯，茶意在心。没茶的人，即使杯里有茶，口里有茶，心中也是没茶的。有茶的人，即使杯里没茶，口里没茶，心中也是有茶的。而我此刻，杯里有茶，口里有茶，心中也有茶的，实在算是有福气的。

比如年轻时会觉得人生有无边无际的自由，后来知道了，这只是幻觉。没有绝对的自由。就像飞机飞在无边无际的天空，也必须遵循一条航线。"海阔凭鱼跃，天高任鸟飞"？想来鱼和鸟可不敢这么干。年轻时也会觉得旅行的意义就是看稀罕，赏风景，打卡拍照。年纪渐长，才知道，风景在哪里，什么景入什么眼，既和旅行者有关，也跟旅行者的心境阅历有关。即便是同一个人，二三十岁和四五十岁看同一处风景，感受也不会一样。"感时花溅泪，恨别鸟惊心"，怎么可能一样呢？

比如年轻时会觉得城市很大，万人如海一身藏。现在却觉得还是田野更大。当然，到了山里又会觉得山很大，在海中又觉得海很大。可这大不同于那大，在这心里，终归还是田野最大。这种执拗的感觉是因何而起？想来想去，也许是因为，那山那海再大也都是自然的风景，而这广袤的田野却是人为的。这一片片庄稼，这庄稼包裹着的一个个村庄，这些意味的都是人，千千万万的人，以及他们的汗水和血泪。凡事一相关，就会觉得大。作为这些人的一个，从这田野里感受到的大，是有温度的大，自然就是最大。

又比如，年轻时会觉得民间就是土气，就是低端，就是愚昧落后，等等，现在每当想到这个词，我都心生敬畏。深不可测的民间，苍苍茫茫的民间，她是母亲一样的大地，是大地一样的母亲。她以我们不能明了的浑厚和宽容，怀抱着所有看得见看不见的珠宝，修复着所有看得见看不见的伤痛。

还比如，对于故乡，对于老家，年轻时是那么想逃离，想方设法地想要逃离，仿佛那就是深渊。现在才渐渐意识到，她确实就是家，哪怕那里没有一间属于自己的房子，那也是家。只是她是名副其实的老了的家。而所谓的老家，就是这么一个地方：在世的老人在那里生活，等着我们回去。去世的老人在那里安息，等着我们回去。老家啊，就是很老很老的家，老得寸步难行的家，于是，那片土地，那个村庄，那座房子，那些亲人，都只能待在原地，等着我们回去。所以，无论走了多远，终究还是要回去的。必须回去。

关于麦子的若干事

  北京通州的核心城区里有一块麦田，六百五十亩的麦田呢。自从知道了这个，我简直想对所有人说这件事。在寸土寸金的北京，这可够奢侈的，可相比于珠宝首饰宝马香车之类的奢侈，这又是多么美好的朴素的奢侈啊。

  麦田当然也能种别的，比如收完了麦子会种玉米，可我还是想叫它麦田，这似乎也是很多人的习惯，把这种田地叫麦田。为什么呢？寻思了一下，许是因麦子产的面是北方最重要的当家主食，用它来命名，别的农作物也不敢争。

  自从知道了这块麦田，我就爱绕路从它那里经过一下。不期然地，就想起关于麦子的若干事来。比如吃碾馔。春末夏初的平原村庄里，除了绿就是紫，泡桐花是大团的浅紫，苦楝花则是细碎的淡紫，"楝花开，吃碾馔"，应着这景，这时节就该能吃上碾馔。青黄不接时它是过渡的应急，饱腹无忧时它便是应季的美味。碾馔对我来说不是词儿，它就是一股气息。把籽粒饱满却还没有变得坚实的青青麦穗割下，揉搓，去掉还没有变得焦脆的麦芒，再去掉还没有变得焦黄的麦壳，那柔嫩得如少女一样的麦粒就裸呈了出来。然后放到石磨上一遍一遍地碾，碾成青绿色的小条条，就成了碾馔。

用蒜炒一下就很清香可口，如果奢侈一点儿，再破上个鸡蛋，那清香就变成了浓香。当时吃时也不觉得怎样，如今想起来顿时口舌生津。

碾馔吃过没几天，便是秋麦，村里人有时也说麦秋，总之，秋和麦搭配在一起，就是要割麦子的关键时刻。最初对这个词也没什么感受，直到有一次听到一个老太太在和另一个老太太聊天，说到她们的一个熟人得了什么病，说怕那个人秋麦难吃。对此很是困惑了一阵子，暗自揣测：秋麦，秋天的麦子？秋天是没有麦子的。五黄六月，焦麦炸豆，应该是叫作夏麦才对。对了，听说东北的麦子熟得晚，难不成在东北叫秋麦？去查了一番资料才搞明白，秋麦是成熟的庄稼，麦秋是庄稼成熟了。反正就是一回事。如此，在两个老太太的语境里，秋麦就是指五黄六月的成熟麦子。那么，秋麦难吃呢？表面的意思应该是新麦子不好吃了，但这显然不合情理。从来都是说陈麦难吃，没有说新麦子味道不好的。那或者可以解释为：不容易吃到。这就通了：放到病人身上，就是说病人吃不到新麦子了。如果是秋冬说这话，那就是说吃不到来年的新麦子。如果是春夏说这话，那就是说吃不到今年的新麦子。再进一步解释，那就是说，活不了多久了。长则大半年，短则两三个月。同时，难吃二字还可以兼指为：病者的亲人和家属吃到新麦，舌尖上的滋味也不复甘之如饴。因为，那个亲爱的人，他再也吃不到了。如此情状下的秋麦，果真是难吃。简直难吃到了颗粒难咽的地步。

秋麦难吃，这真是悲哀的事情，但是，请原谅，在我的意识里,"秋麦难吃"这四个字的味道,其优美伤感委婉含蓄的韵致却是如酒般醇厚。

对于收麦子,有一个十字的总结语:麦收有五忙,割挑打晒藏。便简略地囊括了收麦子的所有程序。割和挑无须多说,打场则是重头戏。打场又分碾场、翻场、扬场这几步,起初农机械还不普遍,都是用牲口拉着碌碡碾场,翻场和扬场则需要人力,"耕地两手鞭,扬场两手锨"。在我们豫北平原,这是对一个农人业务水平的最高赞美。所谓的两手就是左右手。两手鞭是两手执鞭赶牛,能做到这个份儿上的人,一定会把犁沟翻成一条直线。两手锨就是会两手用木锨,能做到这个份儿上的人才能扬场扬得又快又净。我们村里有个人便既是两手鞭也是两手锨,是个结结实实的好把式。他的两手鞭我没见过,他的两手锨我倒有幸目睹。麦收时节,每当转到正在扬场的麦场时,他都会情不自禁地露两手。这时候,所有的人都会停下来看他表演。但见他:风大的时候,不远不近地叉开两腿,将腰低弯,以一个低短的弧度将铁锨里的麦粒送向风的侧逆,左手、右手,右手、左手,一锨一锨又一锨,"哗、哗、哗",变魔术一般,麦粒和麦糠就分了家,一会儿就堆成了一座金黄色的小山。忽然,风变小了。微风脉脉中,他就变换了腰身,他舒展起了腰背,两腿的距离靠近了一些,站得更踏实了一些,然后将铁锨高高送出,扬出一道长远的弧线,可以清清楚楚地看见,每一道弧线都是扇子面儿的,等这把扇子消失,另一道扇子也随之在麦场的空中绽放,左手、右手,右手、左手,一扇一扇又一扇,

"哗、哗、哗",像画画一般,麦子就落成一弯金黄色的月牙。他像英雄一样站在月牙中间,像星星,像月亮,像太阳。

后来就有了半自动化的脱粒机来代替打场,就是一个砖砌的洞,里面安着一个大风叶,俗称"老虎洞",因它张嘴吞麦的样子很像老虎。脱粒时最出力的活就是把麦穗送进"老虎口",这里若是入得快就能省时省钱。这时是连中午都不休息的,因为中午天气最热,麦子最脆,脱粒的效果最好。可此时也最苦,任谁在"老虎口"站那么一会儿,就会变成一个黑人。

脱净的麦粒就能颗粒归仓了?当然不能。还要晒。太阳出来了摊开晒,用木锨子摊得匀匀的、薄薄的,再如犁地一样一遍遍地在上面画线,把麦粒画成一沟一沟,一沟翻压着一沟,就都晒到了。太阳落前就要赶紧把麦粒拢成堆儿。晒玉米要放凉了收。晒麦子要趁热收,若放凉了再收就易生"牛",别称铁鼓牛,在福田庄这里被极简称呼成了牛。后来我查了一下,它学名叫谷象,和"故乡"同音。

麦子晒好后,另一个时刻便郑重来临:存新粮。奶奶卧室的角落里,一溜儿放着三口大缸,每一口缸都被一张硬苇席子收成一个圆,扎在缸口,称之为圈,后来我才知道,这种结构就是囤这个字的本义。要存新粮,得先把陈粮倒出来,我不爱干这活儿。陈粮的陈气我不喜欢闻,新粮的土气也不想忍受。是的,翻晒好的麦子看着虽是很干净,却还是有土。所谓的土气从这新麦身上就能领略得淋漓尽致。当你来到缸边,把麦子往缸里倒时,那一股冲腾而上的气,就是土气。

每次被土气呛得让我忍不住对奶奶发牢骚时,她老人家都会说:"你是饿得轻。老话说得好,富不盖房,穷不卖粮。家有存粮,心里不慌。恁好的粮,咋还敢嫌弃。"

对于麦子,奶奶还讲过一个故事,现在想来,那真是一个美妙的故事——

古时候,庄稼成的少,老是饿死人。王母娘娘发了善心,就叫地里的草都长成了麦子,随便长都能成粮食,那麦子呀,一根麦秆上,从根儿到梢,全是穗穗,不知道能出多少白面。连天上下的雪都是白面。

我问:"那王母娘娘早干啥去了?叫饿死恁多人。"

"她是王母娘娘呀,她想干啥就干啥。人算啥,她想不起来,那就该饿死。也是那些人命不好,谁叫王母娘娘顾不上他们哩。"

"这些命好的人呢?"

"人心贱呀,这粮食一多,就不爱惜,就开始糟蹋。有一天,这王母娘娘下凡来,她心想人有啥吃了,日子不定过得多美呢。她得去看看。"

"她本事恁大,在天上看不见?还得亲自下凡?"

"她是王母娘娘呀,她想下凡就下凡。她到一家门前,看见一个年轻媳妇,把一张大烙馍当成尿布给孩子垫到了屁股底下。她那个气儿呀,就上前说,'我可饥,能不能把你那饼给我吃一块?'"

"她是王母娘娘,为啥不上去打那人一巴掌?"

"她试人心哩。"

"那饼要是凉了还咋暖?不如用棉垫。"

"棉垫不也得纺花织布?多费劲。别打岔,你叫我往下说。那年轻媳妇可真赖,说'这是我的东西,为啥要给你吃。快走,再不走我就放狗咬你'。说着她就叫狗去咬,狗有灵性,一看王母娘娘是神仙,死活不咬。王母娘娘就回到了天庭。"

"王母娘娘本事大,狗想咬也咬不着。"

"那是。王母娘娘呀,可气得要疯了。她回到天庭就下了令,叫下雪还是下雪,再也不下面。叫地里是草还是草,不长庄稼。长成了的庄稼她就悄悄去捋。有一回,捋麦子时她碰见了狗,狗就求她,说好歹留一点儿呀,不能把人和狗都饿死呀。王母娘娘到底心软,手一松,就把麦梢那里留了下来,咱们如今的麦子,就只有麦梢才长穗穗。"

"粮食少了,人又开始饿死了。狗看不下去,就去天庭求王母娘娘,说好歹叫人吃饱吧,不管吃啥。王母娘娘没好气,也不忍心人都饿死,说,'那我就下一道旨,你去传吧。就说我说了,狗吃饭,人吃屎,都叫吃饱了。'

"狗赶紧记下,一路回去,就一路念叨,生怕忘了。可是越在意越不中,它还真是记错了,把王母娘娘的旨意记成了,人吃饭,狗吃屎。后来呀,狗叫就成了'忘忘忘',人呀,也没忘了狗的好处,有人的地方就都养着狗。"

…………

一别乡村多年,已经很久不曾再见和麦子有关的事物。

突然想起前几年的某个六月初，那时我还在郑州，周一早晨的花园路正在堵车，我在出租车中百无聊赖地等待着通行，突然听到有人喊：收割机！

探出头去看，前面果然有一台巨大的收割机，还沾着泥巴和麦茬。在车水马龙的花园路上，它的存在很突兀，像是迷了路，又或者是在梦游。它笨拙地、缓慢地、艰难地，走在队伍里，如一头怪兽。那一刻，我突然想起了老家杨庄，想起杨庄村外平展展的麦田。此时的中原，麦子正从南往北成熟，这台收割机的方向是向北的，说不定会路过我的杨庄。

那一刻，我很想跳下出租车，爬到收割机上。可同时我也清晰地知道，这绝不可能。我不可能跳下出租车，也不可能爬上收割机。我已被童年抛弃，而故乡也不再是小时候的那个故乡啊。

你是去跳舞吗

那天黄昏时分,我照例去大剧院快走。北京话叫遛弯儿,我还不习惯这么说。而且以写作者的职业病挑剔这个词给出的画面感过于舒缓,不适合形容锻炼身体的状态。但在去的路上也只能是遛弯儿,人太多了,快不起来。

周边没有高楼,都是四合院居民区间隙里的宽窄胡同,好在条条胡同通剧院。邻着大剧院的胡同叫兵部洼胡同,"兵部"很严肃,加上了"胡同"就变得亲切了一些,再加个"洼"字简直就是可爱了。

进到兵部洼胡同时,我的节奏快了起来。再有三分钟左右就能到大剧院,行人也少了,此时快起来也有热身的意思。突然间,我听到一个苍老的女声在问——

"你是去跳舞吗?"

这应该是熟人间的寒暄。我没答话,继续前行。

"哎,闺女,你是去跳舞吗?"

我停下来,看到了身后的老太太。除了我,周边没有别的"闺女",何况她还在眼巴巴地看着我。老太太很瘦弱,穿着旗袍,围着薄围巾,旗袍和围巾的颜色都很花,花得没有主色调,简直无法形容。她拎着一个大塑料袋子,里面影影绰绰能看到水果和蔬菜。

可以确认她是在跟我说话。我想说"你好",又止住了。

"是去跳舞吗?"她又问。

"不是。是去大剧院锻炼。您……有什么事吗?"

"没事。我没事。就是问问你。"

她走得很慢,我也只好慢下来。

"你该去跳舞呀。"她说。

"我的肢体协调能力差,跳不好。"

"刚开始都那样。"

"您去跳吗?"

"去。以前经常去。"她叹了一口气,"这一年多没去啦。"

"怎么不去啦?"

她看了看我,笑了笑。

"去年老伴儿死了。"她说,"我一个人啦。"

我不知道该说什么了。安慰毫无力量。而且,她是笑着跟我说的。为什么笑呢?听过一个说法:笑着说出悲伤故事的人,都特别宽容善良。因为不想把自己的痛苦传递给别人,便先要最大程度地自我消化。

"我八十二啦。"她又说。

"您看着可不像。很精神呢。"我连忙说。

"不行啦。"她打量着我,"你身板儿挺好的,去跳舞吧。我刚开始跳的时候也不行,一个动作学了仨月才会。"她喘气声大了一些,也许是边走边说使得气息不足,我尽量更慢些,落后她半个身位。

"东西沉吗？我帮您拎吧。"

"不沉。只当拿哑铃了。"她又笑，"我快到啦。右拐就是。"

"您这地段真好。"

"好不好的，反正住惯了。"

前面是个小小的十字口，有红绿灯。直行几步就是大剧院。正是红灯。

老太太越过我，向右行去。

"我走啦。"她说，"你去跳舞吧，反正也没啥事，慢慢学呗。"

"好。"我说。

"再见！"

"再见！"她一边挥手一边说，"你绿灯啦，快走吧。"

我小跑着过了人行道。回头看她的背影，暮色中似乎更瘦弱了。

真是个孤独的老太太。太孤独了。她的孤独让我一想起来就觉得很难过，很难过。

删与不删

大约是懒得适应新程序，当然更主要的原因是缺钱，我讨厌换手机。能做的就是尽量延长手机的寿命，同时及时清理，最大程度地保持手机空间的宽敞和干净。也因此，常规要做的事就是删除手机里的一些东西。

要删除的是什么呢？

短信。短信占的空间很小，但如同蚂蚱腿上的肉也是肉，占得再小的空间也是空间啊。毫不留情删的是节日问候类的，尤其一看就是群发类的。我知道都是祝福，是好意，但就是不觉得珍贵。批发类的东西，没办法觉得珍贵。

不常用的 App，抖音下载了也卸载了好几次，跟自己不争气的自律性做斗争，常屈常挠，不屈不挠。天气，音乐，地图，旅行，也是反复下载反复卸载。占空间是一方面，另一个方面也占视觉。每次看到界面满当当的一片，说实话还是挺闹心的。能清理就清理，图个舒朗开阔。

照片也删。随手拍的东西很多，多是依着兴致，拍完了也要及时删。以前总是舍不得删，尤其是有自己合影的，尤其是美颜过的。现在都毫不犹豫地删了。有些存在就是一时性的，哪怕是自己的照片。及时删照，少点儿自恋。

微信里的群聊，几乎都清空。很占空间。在群聊中我几乎总是潜水的，能退群就退群吧，不好退就潜水。我是深潜者，潜水艇一样地潜着。也就这样了吧。

还有一些人，也要删掉。不再联系。一般情况下也不删，因为一般情况下我讨厌不起人来。能让我有点儿脾气想要删了他的，还真是让我讨了厌的。比如总是莫名其妙地私信给我，展示他有多大成就的。再比如天天问早安问晚安无事献殷勤的——经验证明，绝非无事献殷勤，一定有事，有事还不肯直说，与其等着他拐着弯来，不如我直接删了去吧。

还有那些做微商的人，让给自家的宝贝或者别人家的儿子孙子甚至儿媳妇孙媳妇投票的，他们发发朋友圈号召一下我当然能忍受，不堪忍受的是他们还会私信让我投票，这都能成功地激起我想要删掉他们的冲动——也不会那么任性地删了他们，只是要么不回复，要么就是回复一下说明白我的原则，用原则这个词也重了，就说是做派吧。对方会讶异，会生气，会或短暂或长久地影响我们之间本来就单薄的情谊，影响就影响吧。既然先影响的我，我也不纠结影响他们了。

我常常是个蛮分裂的人。貌似温和，其实冷淡。爱看热闹，却也惬意于独处。也常常默默地刷一下朋友圈，却不大喜欢点赞。自己也不太发，十天半月来一条，且基本不发工作内容。心里有一个隐形边界，或者说是文字洁癖：朋友圈这个圈，就是朋友们在小公园里散步，遥遥相见，点个头，打个招呼。不要商业，不要绑架。不要有别的。

当然这是很理想化的，我知道。好在我人微言轻，我的朋友圈也不是什么了不得的地方,删与留,看与不看,诸如此类的小事,还是容得了我自己做主的。因此做起来也没什么心理障碍。

也有舍不得删的,甚至可与手机的生命共存亡的。是什么呢?还是一些短信和微信上的信息,那些我爱的、我深爱的、我最爱的人们的信息,一条也舍不得删。

逛市场记

1

早餐后,我拎着袋子出门。袋子里装着昨天买的一盆花,叫如意皇后。如今,特别喜欢这种名头吉利的东西了,什么吉祥啊,如意啊,一帆风顺啊,平安果啊,富贵竹啊,万年青之类。还有带着点儿清新文艺范儿的,碧玉、春雨之类的,听了名字就想买。昨天在家门口的花店拎了四盆回家,花了两百多块。这盆如意皇后是最贵的,独占了一百一。因为花色好,是彩色的绿植,色彩斑斓的。白色的支架举起白色的盆体,里面兜着花的内盆是那种最寻常的褐红色的塑料小盆,是最常见的那种小盆,过于小了。

"这花好养吗?"我问老板娘。我养花的最高理想就是希望能把花养活。

"好养得很。"她说。又叮嘱说别浇水太勤快,这花不大怕旱,倒是涝死的居多。只要不涝死,会越长越好,越长越大。

所以啊,这么小的花盆,怎么能够用呢?而且我也觉得这内盆太不好看了。我家里有一堆空盆呢，都是被养死了的花留下的纪念。我便洗出了四个，准备把如意皇后倒腾到其中一个里，其他三个让老板娘帮我选几种，继续种。

到了花店，老板娘一看就明白了，痛快答应。她细细的眉眼，单眼皮，长得特别平凡，却很能干。——不漂亮的女人，她们的能干更让人信服。我莫名其妙地这么觉得。她家的花不还价，宁可送点儿花，也不还价。这种风格我也很喜欢。我说我先去买菜，回头来取。她说好嘞。

超市离家走路十分钟。我喜欢去超市买菜，也是因为价格恒定，不费口舌。买了鲜面条，最小袋的，也有一块二。足可以吃两顿。在家门口的小店，我每次只买一块的，也能吃两顿。如果不是自己买菜，简直难以置信在饭店动辄十几或者几十块一碗的面，成本只是五毛钱啊。

又买了一堆小东西：两块红薯，一块三；西红柿四个，两块三；大葱一小捆，两块；香菜一把，两块；黄瓜四根，三块五；西芹一小把，一块二；白萝卜一个，一块二。共计十四块七。真便宜啊真便宜。

大妈们正在买菜，我喜欢跟在她们后面买。在买菜方面，她们绝对是专家。

大葱前，一个大妈在掐葱叶子。我也跟着掐。她友善地看了我一眼，有点儿知音的意思。

"大葱两块钱一斤呢，四块钱一公斤。真贵。"我说。

"是啊，真贵。"

"我家人少。"

"那挑个小把的。"

"这个好不好？"

"不好，不硬实。你摸一摸，葱白硬挺挺的，才是好的。太硬了，有的长老了，葱秆里面是空的，也不行。"

说着，大妈给我挑了一个。

母亲去世后，我跟着大妈们买菜，常常会想，要是母亲在世，我们一起去买菜，她也会这么唠叨吧。

超市出口的地方，有个小小的美甲摊位，靓丽的女老板正在给一个客户美甲。后面墙上挂着一排围巾，处理，每条十五块。都是净色的，我停下脚步。我的花围巾太多了，净色的少，应该再添两条。何况又不贵。女人的衣柜里总是少了一件合适的衣服，女人的脖子上总是少了一条合适的围巾，女人的脚上总是少一双合适的鞋，女人的手上总是少一个合适的包……女人就是这样嘛。

试了一条极浅的粉，少女粉。照着镜子，有点儿不好意思。

"衬得脸色好看呀。好看。"两个女人一起看我。

又试了一条极浅的西瓜红。

"这个也好看，你皮肤白，怎么都好看。"

又选了一条黑的。

"这个好配衣服的。"美甲的老板和被美甲的客户兴致盎然地评价着。然后撺掇："都买了吧都买了吧，这么便宜呢。"

纠结了片刻，买了粉和黑。粉的不一定能戴出来，但是一直是特别想买粉的，真的。哪怕只是放在衣柜里看看，也想买。

花了三十。

到花店,老板娘已经把如意皇后倒好了盆,却没用我带来的盆,说我的盆不合适。她用的是她自家店里的大一些的褐色内盆。这个就行了。她说,不算钱。我拿去的四个小盆里,她也培好了土,分别装了一盆虎尾兰、一盆孔雀竹芋、一盆飞来凤(又名崖姜)、一盆文竹。告诉我怎么养,我认真听着,其实也没记住。自从这家花店开了以后,我就隔三岔五来,在她这里买的花草,有啥问题就让她帮着处理,再也没有光荣牺牲过。专家就是专家,有问题找专家就行了。

"多少钱?"

"三十。"

两天的饭菜,四盆花,两条围巾,一共花了七十七块七。我很满意。

钱是可爱的,让我花钱的人和事物都是可爱的,花钱的我,也是可爱的。这生活,是零碎银子就能有滋有味地生活,更是可爱的啊。

2

下午去逛旧货市场。近日,因为家里动了点儿小工程,就淘汰了一批早就不顺眼的家具,想要买点儿新的。有朋友推荐让去旧货市场看看。说旧货市场虽然名为旧货,可有很多东西还是崭崭新呢,性价比甚高。

那就去看看。午睡醒后就去了朋友推荐的那家。在北三环外，也曾路过很多次，一直不知道那一大片平房是干什么的，这次终于明白了。厂房车间似的结构，一个车间就是一家店。人们三三两两地在门口聊天，乍一看，分不清老板和工人。但只要往店里进，他们一和你搭话，你就会知道了。工人往往是比较热情地搭话，却是职业的热情，是迎宾式的。老板呢，则是稍显冷淡地搭话，这冷淡是有话语权的冷淡，因为知道自己说话是算数的。

因为没有想买，所以看得随意，哪家店都进，只当瞧稀罕。发现办公用品居多——这是个流通之地。应该是公司倒闭了，就卖了家具。新公司成立了，就来这里买，物美价廉。量又大，格式也统一，好收购。

也有一些私人家具，果然有不少都是崭崭新的。虽然蒙了灰尘，但一看品相就可以想见擦干净后锃亮的样子。这些崭崭新的家具，是怎么就送到这里了呢？自是必有缘故。或是因为买时就不如意，买回家越看越不如意，就发卖了。或是刚结婚不久就离了婚，之后再娶时断不能用这些虽新已旧的物件，就得处置。或者是因调动工作卖了房子搬了家……物离人，人离物，都有一本故事啊。

走着逛着，便看中了一个实木茶几，才要一百五。我问"可以送货吗？"老板从鼻子孔里冷笑："一百五，你还要送货啊。"

还看到一个很原生态的榆木茶台，款式色泽都漂亮，含五把椅子三个条凳，一共两千八。真是太便宜了啊。只是太大了。好不容易腾出来的空间，我不想让它们占得太厉害。

有个老板强烈推荐他的一套美人椅，说是四大美人呢。

我便跟着他的指点认真地看那椅背，皮革面上果然印着工笔画的四大美人。老板得意地拍着其中一个说"你看你看，这个洗衣裳的，不是西施？"我说"是啊，是西施"。老板点头道："我一看这位在洗衣裳，就知道她是西施。"

西施是浣纱，不是洗衣裳。很想跟他解释这一点，后来想想，也没必要厘清。我能跟他说，这纱不是衣服的纱，而是作为原材料的苎麻吗？还是罢了。在他的意识里，浣纱就等于洗衣服，况且说实话，他能知道这些，就很不错了。

我问多少钱一把。他答一百块。又总结道，四把四百块，不能再少了。我感慨道，真便宜。一边感慨一边觉得，在这里，感觉自己成了一个有钱人。看他不明所以地笑了笑，才突然意识到了自己的不得体。是啊，买东西的人，怎么能感慨人家的东西便宜呢，这是对东西的不尊重，是不符合买者的职业道德的。必须嫌贵才对。

可是很没出息的，我还是越逛越觉得便宜，越觉得便宜就越觉得自己有钱，越觉得自己有钱就越觉得该买。到底还是没控制住，当机立断买了一个原包装尚没有拆封的茶台，含五把椅子，货价为一千九，加上一百块的送货费一共两千。

真的是，太便宜了。

有点儿尴尬的是，要和送货师傅一起坐三轮，且需得并排坐在驾驶座上。从没有享受过这种待遇，我便有些惶恐。和师傅紧紧挨着坐，心里一边打着小鼓，还一边故作镇静地和他聊天，听他讲运货的种种。很快就到了我家所在的经三路，我说经三路可能有警察，他说一般不会有。我以为他们会爱走小路躲警察,他说他们就爱走大路,说大路平坦好走。几年前曾经被警察逮住过,要扣他的车,车值一千多,他当然不舍得,就和警察讲价还价,警察不理他,他趁警察开后厢盖的时候扔进去一百块……。这都是生存的智慧啊。

——和他一起坐这种车,其实我有些难为情,有点儿怕熟人看见。再一想,也没什么啊。我对自己说,不要矫情,你和他们是一样的,一样一样的。

也是这位师傅,上上下下几趟,把货给我扛到了家。我给他拿了水,道了辛苦,赞他能干。他说:"不能干不行啊,没文化的人,就得能干。"看着我满屋子的书,他突然又说:"你是文化人吧。"我连忙否认说:"不是,我不是。"我也不知道自己为什么要否认,反正在那一刻就是觉得,去否认就对了。

都好起来吧

春节前夕的忙乱总是一笔糊涂账，不知道在忙些什么，却好像都是必须得忙的，工作总结，年度考核，团拜会，慰问老同志，看望老师，朋友聚会……"一年就这么一次嘛。"——这确实是一个不容推辞的理由。于是，慌慌张张的，一天就那么过去了。忙乱中过去的日子在印象中就只是忙乱，难得记得住什么事情。而一旦记下了，就忘不了。

那是一个小年的上午，去参加的是一个慈善活动，经一个警察朋友——我们都叫她"警姐"——牵头，到一个社区去"对弱势群体进行帮扶"。这是警姐的说辞。所谓的弱势群体，也就是一些贫困户。警姐现在已经是公安战线很显赫的领导了，但微时曾在这个社区当过片警。也就是说，她当初是在这个地方起家的。

那个家属院是在老城区，正在修路。我拐七拐八找了好久才找到了地方，活动地点定在家属院唯一的宽阔地带——篮球场上。我到时已经有好几个朋友在了，大家互相问候、祝福新年。旁边一群老太太穿得大红大绿，有些好奇地看着我们，终于有个胖阿姨问我是不是来帮扶的，我说是，她当即开始说起警姐的事迹来："她是真好呀，一般人可做不到这一点。我儿子早死了，儿媳妇改嫁了，我跟我孙女俩人过，要不是她，我的日子过不了现在这么太平。她真跟自己家的闺女一样，可以说，比自家闺女还亲……"说着，她的眼泪流了出来。

"是啊，有一年不知道咋了，我们这里的贼特别多，她给我们院里的困难户装了好几家防盗门，掏的都是自己的工资……"一个瘦阿姨也插嘴道，眼圈也马上泛红了。

没想到老太太们的眼泪这么现成，我有些猝不及防。正有些不知该如何是好，警姐来了。她走得很慢，因为是被一群又一群人簇拥着，明星一般。——她的前方，堆砌着好几个摄像机和照相机。老太太们既热情又有秩序地轮番上，显然是带有表演性质地拥抱着她，把她围在中间，一个个亲热地和她说着话——

"什么时候也不能忘了你啊。"

"你是我们的好闺女啊。"

"可想你啊，想死你了！"

这些话，私下里说是很动人，但是当着这么多人说，说得很熟练，就像是表演了。——老太太们都很有镜头感，对着机器无不露出夸张的笑容。当然我也相信他们之间的情谊，相信警姐为他们付出了相当的努力，不然不会这么受欢迎，尤其是她不在场的时候，大家对她都是纷纷夸赞，这是非常不容易的，只是，一方很会做，另一方也很会配合，这搭档到了一起，就像是演戏了。虽然都有感情，也像演戏。

我有意站远了一些。我已经由感动到肉麻又过渡到冷静了。

主持人讲话，介绍来宾，警姐讲话，群众献花，这些程序走毕，就该"帮扶"了。"帮扶"的方式是结对子，我们每个来宾结两个对子，也就是给两个特困户送红包。来宾和特困户的右臂上，都系着一根红丝带。警姐结对子的情状是"机器们"的焦点，她把红包给了一遍又一遍。我绕开警姐，走到她身后，找到了两个系丝带的人，一个男的，一个女的。男的接过红包，说了"谢谢"，有些不好意思地走开了。那个女人高高的个子，戴着一顶灰色布帽子，衣服上都磨出了毛边儿，脸色憔悴。我把钱给她，她低声说："谢谢。"和她在一边站着，我总觉得该说几句话，便道："大姐，你家里还好吗？"一边问一边觉得自己虚伪。

她笑了笑。我瞬间看懂了那笑容，那笑容在说："对你说有什么用呢？有什么意义呢？"但是，出于礼貌，或者不知道是什么因素，也许是寂寞：像这种艰难和窘迫，与其跟熟人开口，可能更愿意跟陌生人倾诉。她终于开口了。她说："我老公瘫痪了，儿子没工作。我去年退休了。没法说……"我点点头。

周围一片喧嚷，来宾中有一个著名的豫剧演员已经开始演唱了，孩子们在人群中钻来钻去。我想要安慰她，终于还是没有开口。

确实是不知道该怎么说。她说的是对的："没法说。"

"没法说，也没办法……"她又喃喃道。我看了一眼她的眸子，似乎是要闪泪的样子。我没有再看，也没有再追问。

仿佛是一汪浑水，我不敢触探下去，我怕水底的玻璃碴扎我的脚。我是一个多么懦弱的人啊。

我跟她就这么默默地站在那里，听着锣鼓喧天，听着热闹的豫剧……当表演者做出了一个滑稽的表情时，我看见她嘴角终于向上扬了扬，露出了一个浅浅的微笑。我的心里略略安慰了一些。

终于到了离开的时候。我回头看着她，她也看着我。我们对视了片刻，眼睛里的东西既陌生又熟悉。我说："大姐，多保重，新年好啊。"她也点头道："新年好。"我说："熬过去就好了。会好起来的。"她笑着点点头。

我快步走开了，没有回头，只是在心里默默地说："真的，让一切都好起来吧。"

卧铺闲话

1

那应该是2018年的初秋吧,我去江苏东海开了一个会,返程是下午四点四十六分的火车,是一趟K字开头的慢车——彼时那趟线路还没有开通高铁。在我第一次坐火车的时候就知道一个说法:K代表"快",而如今,这K却意味着慢,有种声东击西的幽默感。

不过,即便还没有开通高铁,也可以选更快一些的方式。连云港也有机场,只是航班不直飞郑州,若是转飞,折腾来折腾去,那就还不如火车,哪怕是慢些的火车。毕竟是在陇海线上,虽然慢,却可以直达。这时候的慢,又成了另一种意义的快。

我的票是软卧车厢的一号下铺。上了车,到了包厢门口,厢门紧闭。我敲了敲门,没动静。拉了两下,没拉开。正准备再去拉,里面便有人替我拉开了。是个老爷子,看着有六十出头,黑红脸膛,十分方正。拉开门后,他便又躺在了方才的铺位上,那正是我的铺位。待我说明,他便起身,坐在了对面。那里已经坐着一个老太太,也是六十出头的模样,身材已经发福,脸盘却隐约透着当年的娟秀。她铺位板壁的衣钩上挂着一个鼓鼓的大塑料袋,清晰可见装着鸡蛋、卷纸、苹果、馒头、面包之类的物事,还有两桶红艳艳的方便面。

我想把行李箱放进包厢门顶上的行李搁架,却又懒得那一托举。正犹豫着,却听见老太太说:"放那儿吧。"

她指的是茶几底下那一小块空地,应该能放下一个小行李箱。

"会不会不方便?"

"没事。"

相对一笑。我放好行李,坐下。老夫妻说了几句话之后,老爷子身手矫健地爬到了上铺,翻看着一本杂志。

"二位从哪里上车的呢?"我寒暄。

"连云港。"女人说。

这问题问得,真够蠢的。可不就是连云港吗?也只能是连云港。东海的上一站就是连云港,连云港是这趟车的始发站。

"去哪儿呢?"

"兰州。"男人说。

男人的口音像是西北人,女人的口音却像是连云港这边的。

"你们是连云港人?去那边旅游?"

"我们就是兰州人。"

"哦。"

我喜欢兰州,兰州的面,鲜百合,三炮台,都好。兰州人说话也好听。还有兰州这个地名,美极了。

2

安顿好了,我忙着打电话处理事。老爷子在上铺翻书,老太太看着手机,也不知在看什么,不时笑出声来。六点钟,外面过道上响起了叫卖晚饭的声音。老太太一样一样地拿出了塑料袋里的吃食,招呼老爷子下来。小小的空间很快充盈得气息丰饶。茶叶蛋的咸香,苹果的甜香,方便面的酱香……

我素来不喜欢在旅途上吃东西,就什么也没吃。老两口吃饭的声音格外响亮,唉,真是太响亮了。

"你不吃饭哪?"老太太说。

"不饿。"

"吃点儿吧。"她把一个馒头递过来。

"谢谢,我真不饿。"

她收回了手,继续吃着自己的。吃完了,也收拾完了,她又把馒头递过来:"多少得吃点儿啊。"

她这样,可真像妈妈。普天下的妈妈,都是这样吧。

"这馒头是我自己蒸的,好吃着呢。"她说。

我接过来。是的,"自己蒸的",这对我有着巨大的吸引力。所有家庭主妇们亲手做的吃食,尤其是面食,对我都有巨大的吸引力。她们自是各有各的风格和喜好,却也有共同之处:结实、筋道、耐心,用韩剧《大长今》里的说法,就是充满了对食物的诚意。

平日里,我从不在超市买馒头。我吃的馒头都属于特别定制——姐姐在乡下蒸好,要么托人捎,要么走次日即达的快递。收到后我就把它们冷冻到冰箱里,随吃随取。

手中的馒头暄软圆白,白中还泛着一层舒服的微黄,散发着我熟稔的面香。

"我放了碱的。"老太太说。

"嗯,我看出来了,碱色揉得匀,好吃。"

"榨菜呢!"老爷子对老太太喊。老太太闻声答应着,却把榨菜朝我递来,我这才明白,老爷子是在提醒老太太让我吃榨菜,却不直接跟我说。这是什么规矩呢?尽管有那么一点儿封建,却也有那么一点儿可爱。

在老太太的指导下,我把馒头一分为二,在瓤里夹上榨菜,一边吃一边夸。作为一个接受馈赠的人,这是起码的教养,我懂得。

老太太看着我吃,脸上笑意盈盈。

"你们河南人也会蒸馒头,对了,你们还会做那个烩面——"她说。

我也忙回敬:"你们的兰州拉面……"

"不叫拉面,叫牛肉面。"老爷子突然说。

老太太朝我使了个眼色,跟着说:"兰州人都叫牛肉面。"

"对对对,是牛肉面。"我马上承认错误。这错误对我来说不是初犯,还真是记吃不记打。我在"今日头条"上发过的唯一一条阅读量超十万的帖子就是说在兰州吃拉面如何如何，被网友们抨击得一塌糊涂。上百人跑到评论区对我科普：兰州没有拉面，只有牛肉面。嗯，这是一个严肃的学术问题。

3

睡觉还早。那再聊会儿天？

"你们去连云港是有啥事？"

"看外孙子。闺女嫁这里了。"

"您几个孩子？"

"就这一个闺女。给了这儿了。"

"怪不得呢。得常来吧？"

"嗯。太远了。"

"是远。"

"你们可以今年来看她，让她明年过去看你们。"

"不行。他们没假。闺女回去待不了几天，最多也就一个礼拜。我们退休了，来看她方便，想住多久住多久。一百四十平方米的房子，还带有阁楼，住得倒是挺宽敞。"

"哟，那真不错。"

这是成人子女和父母之间最常见的模式。那姑娘应该是八〇后。这是一对公职夫妻，他们青春盛年的时候，计划生育正是铁律，所以他们只能有这一个独女。女儿成人后远嫁，他们也就只能千里迢迢地来看她，和她的孩子。

"小外孙多大了？"

"小学三年级，九岁。"

说着便翻开手机，给我看外孙子的照片，虎头虎脑的一个壮小子。

"多好啊。你们三代同堂，这就叫天伦之乐。"

"乐是乐，其实也可累。一天三顿饭，还得打扫卫生，洗衣裳……忙得停不住。我跟闺女说，再往这儿多跑几回，我就得少活两年。她说，'不叫你干你非干。'唉，我是闲不住呀，看见啥就要干，想起啥也要干。可是身体真不行了，顶不住。只能走，眼不见为净。回去歇歇，歇过劲儿了再来。"

老爷子咳嗽了两声，从上铺下来，摸出了烟，出了包厢。老太太看着他的背影，神情顿时明显松弛："又去抽，有啥可抽的。咋说也不听，费钱又伤身。"

"费钱还在其次，主要是伤身。"

"就是说呀。一劝他就说，习改常，生祸殃。"说着就笑了。我也笑。

"还可好打麻将。打得可勤。"

"打麻将也不是坏事，只要时间不长。可以锻炼脑子，据说还能预防老年痴呆的。"我说。

老太太沉默着，没有接话。大概是觉得此话不投？那就换个方向投投试试："不过呢，也容易出事。我妈就喜欢打麻将，在老家县城，五块钱一把，一下午输赢有四五十，可没少生气。回家就气得摔锅打碗，下回还去。"

"他打的是一百的！"老太太的怨气终于撒了出来，"一场下来，都要输个两三百。都是和他的侄子外甥打，赢了不给他钱，输了就赖他的账。我一说，他就是那句：肉要烂在自家锅！"

我笑。

老爷子进来了，看了老太太一眼。

"您蒸的馒头太好吃了。"我说。

"我这儿还有饼哩，更好吃。"老太太说，"也是我自己做的。"

这一瞬间，两个连对方的姓名都不知的女人，只认识两个多小时的女人，抵达了最大的默契。

4

手里的饼微微有些暗褐色，圆鼓鼓的，娇小玲珑，轻按一下，却是硬硬的，没有弹性。我说看起来有点儿像面包呢，老太太反复强调，不是面包，就是饼。是用烤箱烤的，是核桃饼。怎么做？用油和鸡蛋和面，然后加入核桃碎，烤出来就是这样，酥香得很。

"你尝尝，尝尝就知道了。"

我接过来："是甜的？"

"咸的。"

果然比馒头还好吃。细腻的饼屑纷纷往下掉。我忙伸掌接，接到掌心里怎么办？当着老太太的面，扔了也不合适，再说也真是好吃。于是就舔。看着我的狼狈样子，老太太笑得倒是很开心。

我自是极尽赞美，说郑州街上虽也有卖的，却不如她的手艺。老太太得意道："那些开店的，咋舍得放这么多好馅料？"又说核桃是好东西啊，补脑子。你看核桃仁的样子，多像脑仁。

我吃着听着，频频点头。原料的样子像什么，吃进肚子里就会补什么，这真是典型的中国式的民间逻辑。吃肝就补肝，吃肺就补肺——吃爪子什么的就补手？年轻的时候我会较真儿，现在却不会了。当个有趣的闲话就好，真要去较真儿还有什么意思？

甘肃我去过多次。就聊起了静宁的苹果、苦水的玫瑰。老爷子也起了插话的兴致，比画着说静宁的苹果出口日本呢，那么大，那么红。

"就是贵。我们就买那些不能出国的，一样好吃，还便宜。"老太太说。他们的神色都骄傲得很。又说有个亲戚家就在苦水，苦水玫瑰今年行情不大好："去年一百块钱一斤，今年只有三十了。"

"哎呀，太心疼人了。"我大声表达着惋惜。

老爷子又问我去过陇南没有。我说去过。原来他老家是在陇南。我说陇南好呢，不缺水。在甘肃，不缺水的地方少。

老爷子点头，庄重地重申："不缺水。"顿一顿，"离四川近。离九寨沟才两百多公里。"

"真是好地方。"

"是好地方。"

我说我还去过甘南，老爷子说他年轻时出差常去，甘南也是好地方。又说起敦煌，当然更是好地方……好地方真多呀。凡是住人的地方，哪有不好的呢？不好的地方，人怎么能长长久久住得下呢？

老太太的手机响了，只唱了一遍铃，她就接了起来，口里喊着心肝宝贝，问"吃饭了没，吃的啥饭，作业多不多"。再过一会儿换了口气，显然是在跟孩子妈说话，说："吃过饭了，没啥事，一会儿睡。包间里就仨人，我跟你爸，还有对面下铺一个女的……"

——对面下铺一个女的，肯定是我啦。不过，也没错。我可不就是对面下铺一个女的吗？呵呵。

老太太聊了半天，又把手机递给老爷子，老爷子哼哼哈哈，三言两语就收了线。老太太埋怨他怎么挂了，老爷子说，不过就是那些个老话，明儿再说吧。

老太太悻悻地把手机收起来，开始一件一件地脱着外套、毛衣和裤子。最后只剩下秋衣秋裤，四仰八叉地躺倒在铺位上。突然间，她放了一个响亮的屁。

我们一愣，都大笑起来。

"有意见就好好提嘛。"老爷子来了一句，我们笑得更欢。

其实，我很想学她的样子，宽衣躺下。那多惬意。可是，不能。不能的还有老爷子。她和他是夫妻，不用避嫌。她和我是同性，也不用避嫌。这三个人里，享有跨界自由的，唯有她啊。

5

十点钟,顶灯熄了。我早早开了小壁灯,晕出一小片光。老太太也摸索着开了小壁灯。

"你多大啦?"她说。是还想聊上几句的意思。

"四十。"

"你可不像。面嫩。娃娃多大了?"

"十五。"

"是个啥?"

"男孩。"

"男孩好。"

"您闺女多大了?"

"三十六。"

"刚才看照片,长得像您。您年轻时一定是个大美人。"

她有些羞赧:"年轻时还能看。如今老了。不像个样了。"

"现在也好看呢。老有老的好看。"

如果不是顾忌着老爷子,我很想勾她聊聊当年婚嫁的事儿。那一定挺有意思的。——再没意思的事,多年过去回想起来,也会显得有意思。何况婚嫁这样原本就有意思的事儿呢。

老爷子的鼾声已经轰炸了过来。

"会影响你吧?对不起啦。"老太太说,"我是惯了。"——听了几十年呢,还能不惯?

"没事,我一会儿就下车。"我说。我下车的点是将近子时，不耽误回家睡一个整觉。

很快，老太太的鼾声也响了起来，和老爷子的一轻一重，构成了二重唱。再配着火车的节奏，够热闹的。想打个盹儿也不可能，那就听着吧。

黑暗中，我闭着眼，在这热闹里，渐渐地，却沉浸到一种踏实的安静中。自打高铁面世，它就成了我的出行首选，许久没有坐过这种夜火车了。咣当咣当，稳稳的。高铁，怎么说呢？虽然是快，却是一种单纯的快，总怕错过站，更像是赶路。而这夜火车，却是慢中的快，也是快中的慢。这种感觉，真是美妙。

美妙的还有这一对平凡的老夫妻。我忽然觉得，若不是担心坐过站，我肯定也能在他们的鼾声里睡着——他们的鼾声于我而言，并不怎么陌生。就像他们的家长里短和喜怒哀乐，我也都不怎么陌生。我甚至有些自负地认为，他们没说出口的那些，我也能推测出个八九不离十。因为，我和我周围的人，我们的生活和他们的生活，从根底上去看，都是一样的。真的，都一样。

我爱他们，我爱他们这一切。而我这个无能的人啊，表达这爱的方式，也不过是在这短暂的旅程里，去最大程度地迎合着他们，和他们乖乖地聊一会儿天。好在他们也喜欢和我聊。我猜想自己在他们眼中是这样的：一个脾气不错，话挺多，敦敦实实的，喜喜兴兴的，胖姑娘。

听　秋　风

不知不觉间，一树树银杏变成了灿烂的金黄色，在阳光下叶叶如画。风的气息也越发清凉。秋天就这么日渐深重地来了。

周末晚上，正在家里吃着饭，忽然接到老家来的电话，是中师的同班同学，说一个同学去世了。那个胖胖的男生，我和他在学校时都没有讲过几句话，交情平淡，毕业之后更是音信邈远，二十多年才见过有两三次吧！也是热热闹闹的同学聚会，不过是见面问候一下寒暄几句。两年前，得知他罹患恶疾，我回老家时，和几个同学去探望了他。他那时虽然消瘦，精神还好。后来不时在班里的微信群里看到他的消息：他又转院了，他回家了，他身体的各种指数显示良好了……这段时间微信群没有他的消息，我想没有消息就是好消息，却断断没想到他会去世。

还聊了些别的同班同学的近况。有做生意的，有身陷囹圄的，有升任了地方组织部长的，有当纪委书记的，有在211大学任重要职务的，而我因离开了家乡来到了北京，也时不时地会成为同学们的谈资……这就是秋天的声音吧，各色齐备，盛大斑斓。

电话挂断,我继续吃饭。吃完饭,嗑着瓜子,心里却是一团乱,脑子里浮现着那位离世同学的音容笑貌。就在不久前,他正在生死边缘挣扎,我却懵然不知。刚刚传来了他已去世的消息,我却还在依着惯性该吃饭吃饭该嗑瓜子嗑瓜子。我们是同学,但是我什么也帮不了他,什么也不能为他做。他在这个世界已经不存在了,我还要继续一如往常地生活。

——为什么,为什么他死了,我的心里会是如此复杂?不止是他。门口超市忽然有一天换了店名,我才知道店已经易主。一问,原来的老板不久前车祸去世,他高高的个子,有点儿驼背,殷勤而精明,每次我去买东西,他都会在收银台那里站着,偶尔温和地笑问:"还需要点儿什么?有新鲜的老式面包,味道不错。"

不由得悲从中来。

活得越长,面临这样的事情就越多。我活着,我认识的人里面,却已经有人断断续续地死去。从十五岁父亲去世的时候,我就开始认识并领教死亡,也开始明白,原来,我不是一下子死去的,每一个人死去,都带着一部分的我。我就是这样慢慢死去的:他们每一个人的死,都带走了我的一部分活。

我所深爱的一位兄长,曾经以撒娇的口气说,不想活那么长,活得太长没意思。我半开玩笑告诉他:"虽然知道你活得好好的,可是想到有一天你会死,我就会哭一场。已经哭过好几场了。"他顿时气急败坏地骂道:"呸呸呸,我会拼命活的。"

是啊,亲爱的人们啊,好好活,拼命活吧。我是那么爱你们,哪怕只是为了这爱,也请你们好好活吧。请尽量活得热烈一点儿,让秋风之后的沉寂冬天,来得晚一点儿吧。

在桃花峪看黄河

1

回豫北老家，必过黄河。郑州地界里，有好几座黄河大桥，我都走过。自从有了桃花峪黄河大桥后，每次回豫北老家，我就只走这座桥了。

车一路向北，穿过郑州城区，从连霍高速入口进到郑州绕城高速，向西走二十分钟，再进入郑云高速。又二十分钟后，便穿过桃花峪隧道，上了桃花峪大桥。

桃花峪是黄河中下游分界线，把桥建在这里自有讲究。我个人的选择原因，就实用的层面来讲，自是因为它离我老家更近，让我回去更便捷，却也有非实用的层面：它的外形更时尚更壮观，它的名字我也格外钟爱：桃花峪、黄河、大桥，这种词语搭配让我着迷。既明艳又铿锵，既坚固又绵长，不是吗？

第一次走这座桥时，正是雾霾天气，一切都在朦胧中，远远望去，日光下的黄河竟是一条白河，似乎是非常沉静地安卧在大地上。两岸的滩地都种着庄稼，在雾霾中苍苍茫茫，无边无际。

——当然,当然是有边际的。堤岸就是边际。土地就是边际。

2

因在黄河边生长,很容易看见黄河,便从不觉得看见黄河是多么特别的事。到全国各地开会,也看过很多次黄河:四川若尔盖的黄河,宁夏沙坡头的黄河,兰州市中心的黄河,山西壶口的黄河,济南城畔的黄河……

曾经在花园口南裹头的渔家乐船上,以最近的距离看了一次黄河。

河宽得超出了想象,对岸的树像一圈矮矮的蕾丝花边儿。黄河水在船下无声地流着,却让我止不住地心惊:非常快,且有无数漩涡。浩浩汤汤,向东而去。不时夹杂着树枝之类的杂物。虽是极快,但河水却也是非常从容地、悠然地向东而去,只向那水天连接处——从地理方位上,我知道这河水会先到山东,然后是大海,但是,此刻,那河水到的只是水天连接处。

忽然想起了那句俗语:"跳进黄河也洗不清。"这说的是黄河的浊。但黄河,它是用来洗澡的吗?

黄河,母亲。黄河,是母亲河——这称谓从幼时就已熟知。虽然早已经对动辄就把什么和母亲联系起来比喻的句式审美疲劳到了无动于衷的地步,但此时,此刻,看着黄河的时候,还是觉得这个比喻真是传神。

这是一个怎样的母亲呢?一言难尽。如果一定要形容的话,我只能说,这个母亲,她不是凤冠霞帔的诰命夫人,而是一个粗布跣足的自然之妇。她是如此家常,宛如天地里最一般的母亲——她当然不是一个最一般的母亲。

3

也曾在柳青先生的故里陕西吴堡看过黄河。事实上,行在吴堡,似乎处处都可以看到黄河。黄河都是那副样子:平平的,缓缓的,好像很好欺负。莫非是春天的缘故?远远地看去,黄河不黄,还有些绿莹莹的意思,这使得它更像是一条普通的河。

怎么可能普通呢?有人说:什么时候都不能小看黄河。

我没有小看它。从不敢小看它。

去二碛看看吧。有吴堡的朋友悠悠地提议。

碛是什么意思?他们说是河滩。

既然有二碛,那一碛呢?

就是壶口嘛。

二碛连个标志都没有,但是到了那个地方,我们就都知道了:这个二碛,就是黄河的二碛。这必须是黄河的二碛,也只能是黄河的二碛。

你以为河很窄吗?那是你离得远。你以为河很静吗?那是你离得远。前仆后继的大浪,声嘶力竭的大浪,不屈不挠的大浪——它们不仅是浪，它们就是河流本身。滔滔巨浪如狮虎怒吼着，进入河道深处。而在河道深处，更是暗流汹涌。

这就是黄河。当你走近，再走近，你会晕眩，你会恐惧，你会知道，这才是黄河的根本性力量。

在敬畏中，我突然涌起一种要把自己扔进去的冲动。如果我把自己扔进去，那我会顺流而下，经潼关和风陵渡，再过三门峡、小浪底到桃花峪吗？

能把我带回河南故乡的，唯有这条河。

4

有一次，在巩义康店镇的黄河边开会，议题里有人谈到杜甫。在杜甫的名字和诗句里，我望着窗外。宽幅的玻璃窗里，黄河如一幅巨大的画，貌似安详地静止在画框里。可我们谁都知道，画框外的上下左右，都是它的世界。这条大河，这条长河，这条深河，它将流淌到外面视线远不能及的远方，直至大海。这就是黄河啊。

又想起了那句俗语："跳进黄河也洗不清。"忽然明白：跳不跳黄河，都是洗不清的。因为一生下来，我就像两岸的黄土一样，身在黄河边，也身在黄河里。我的血液和心脏，全都是黄河的基因。

曾读过远藤周作的小说《深河》，读的时候，涌起一股强烈的渴望：靠近那条河，走进那条河，被那河接纳，成为那河的一部分。

此刻才恍悟：其实，不用想，我已经是了。

会议间隙，出去透气儿，我走到酒店旁边的山崖边，摸了摸黄土。这怀抱着窑洞的黄土。如我想象的那样，它很硬，像杜甫的诗歌一样硬，像他文字的气息一样硬，怎么说呢，简直是有着石头的质地。当然，我也知道它也很柔软，柔软得像母亲的子宫。

5

自认为对桃花峪大桥已经很熟悉了，可是在这个晴朗的秋日，站在桥南端的邙岭上，倚着黄河中下游的界碑，远远地看着这座桥时，还是深深地被震撼了：东西向的，是母亲河巨大的逶迤曲线，南北向的这座桥，竟然也是巨大的逶迤曲线。一横一竖，宏伟交织，一黄一白——还是喻为一金一银吧——彼此辉映。

河是天意，桥是人力。天意与人力就这样融合为一体，呈现出惊心动魄的美。这场景里，聚集了多少人多少日夜的智慧和血汗？在贫乏的想象里，潮涌起的，只是无尽的感喟和敬服。

极目远眺，在那桥北更远处，正是我的豫北老家。那里，也有着既柔软又坚硬的黄土，承接着黄河，承接着所有的城市和村庄，承接着我们所有人。

黄土，黄河，这就是中国的灵魂吧。

也是我们所有人的灵魂。

福德湾清闲记

1

福德湾是个小山村，地处温州苍南县的矾山镇。这些年，全国各地的村子我也去过不少，可是福德湾这样的村子，却还是第一次见到。

这是一个矿山村。什么矿？地处矾山镇，矿自然是矾矿了。

矾，于我最早的记忆，是幼时用指甲花染指甲，将花摘下放进木臼里捣成花泥之前，母亲一定会加入几小块冰糖一样的透明颗粒。

"这是啥？"

"白矾。"

"有啥用？"

"上色。"

"从哪儿得的？"

"供销社。"

从童年到少年，这几乎是我们豫北女孩子听到的标准答案。那时候，我们豫北乡下还没有超市，只有供销社。乡村里所有不能自产的物品，最直接的来源都是供销社。这让幼年的我觉得，供销社是世界上最神奇的地方。

这次到了矾山镇，得知这里已探明的明矾石储量约占世界的 60%、我国的 80%，居世界首位，我便可以断定自己幼年用的白矾，最大概率的可能性，就是来自这里。无意间，童年久远的疑问居然在此地听到了确凿的回声。不由得感慨，物比人走得远啊。

物活得也比人久。

据相关史料记载，明矾在这里的开采历史可追溯到宋朝末年，至今已有 700 多年。矾在此处又是怎么被发现的呢？最有名的传说之一是四川人秦福带着妻儿流徙至此，在鸡笼山一石洞暂居，做饭时就地取了几块石头堆灶，几天后发现灶石被雨水淋透后风化成了沙砾，夹杂着许多小小的透明珠子，因珠子味道酸涩，秦福就顺手扔到一浊水坑中，无意中看见珠子溶化后浊水居然变清了。再饮这清水，发现还有解毒消暑之功效。他便认定了这种妙物，取名"清水珠"。此事传开后，取用者众，"清水珠"逐渐成为此地的焦点，于是民众迁集，建窑炼矾，此地便也有了广传于世的新名：矾山。

名副其实，这就是一个矾的世界，即使我们所看到的只是遗迹。这遗迹，便是"世界矾都"矿山公园。新闻资料上说，温州市决定在矾山镇建设这个庞大项目是在 2005 年，如今，十几年前的蓝图已经清晰地立体呈现。矾矿博物馆，矾都矿石馆、奇石馆，大大小小的采矿炼矾遗址等都佐证着这里曾经的盛景。当然，不是所有的盛景在未来都能修行成遗迹的，这是一种巨大的福气——昔日虽已逝去，却换了另一种方式活着。所谓的前生今世，就是如此吧。

因在世界矿山体系中的唯一性和至今保留完好的半机械、半体力的采炼技术在明矾工艺史上具有活化石的意义，也因从早期沿溪采矿开始至今的实体资料的稀缺性，这些都大大超越了地域局限，使得这里成为中国工业文化遗产弥足珍贵的组成部分，也因此，在2019年10月7日国务院核定公布第八批全国重点文物保护单位时，"矾山矾矿遗址"成功上榜。

福德湾村便是这遗址的一部分，且是最为活泼泼、鲜灵灵的一部分。

2

本地的朋友告诉我们，福德湾这个村名，只要倒着念一次，你就永远不会忘。福德湾——湾德福，那不就是英语的wonderful吗？就是美妙的啊。

这个小村早已扬名在外。2013年，住建部、文化部（现文化和旅游部）、财政部联合评选第一批列入中国传统村落名录村落，福德湾位居其列，后又被评为第六批"中国历史文化名村"。2016年，它还荣获了"联合国教科文组织亚太地区文化遗产保护荣誉奖"，这个国际奖，也很是wonderful。

一路行来，确实美妙。走在老街上，随处四望，可见曲折巷道交错弯绕。岭脚街，石板街，南山坪，这些路名一看就是兄弟姐妹一家子。房子是典型的浙南山地民居，石头屋和围院鳞次栉比，每家的屋门都敞着，洗干净的衣服搭在晾衣架上，水盆里泡着翠生生的蔬菜，皆是可亲可爱的家常景象。水井，神庙，打铁铺，锻造炉，风化沉淀池……不期然间，就会在某个角落邂逅这些沉默的遗迹。和它们暗通款曲的是路边售卖矾塑工艺品的小摊，各种造型都有，色彩明丽，娇小可爱。妇人们守着小摊聊天，孩子们嬉笑打闹，烟火气十足，安静却不寂寥。还有清雅幽美的茶书院，琳琅满目的民俗馆，别具匠心的家庭微公园，已经免费供应了70年"爱心茶"的郑家茶摊，有口皆碑、殊荣累累的特色美食"为唐公肉燕"……都能令我们不时驻足下来，进行美妙的停顿。

相较于刚刚看过的南洋312矿硐，这里俨然是另外一个世界。——矿硐一词，也有写成矿洞的，我查了一下资料，确认矿硐更准确，矿留下的坑，方称为硐。

矿硐里很冷。虽有灯光打着，依然幽暗。解说员反复强调要跟紧她，不然可能会迷路。略有进深后，果然更暗。光的存在似乎只是为了映衬暗。声音略大一些，便有嗡嗡的共鸣回响。巷道斜井，崎岖蜿蜒，四通八达，回环往复，不知道有多长，似乎有无限长。也不知道有多深，似乎有无限深。

忽然下了几阶台阶，到了一小平台。再下几阶台阶，到一大平台。豁然开朗。这是面积约300平方米的地下室，室内很平坦，设有讲台，下面布满石凳，容量很大，只是因为室顶很低，所以显得压抑。据说矾矿鼎盛时期，工人经常在这里开会学习，讲台左侧悬挂着一幅老照片，照片上人人手捧小册子正在认真阅读。

很没出息的，在矿硐里，我最强烈的欲念就是：出去，赶快出去。

出了矿硐，顿觉温暖。即使正飘着细细小雨，也觉得这雨是暖雨。而在福德湾村，缓缓地顺着鸡笼山的山势向上走着，其实是有些燥热的。可一想到矿硐里的阴寒，便觉得这热并不是热，而是暖了。

3

渐渐地，满头大汗，便手执夹缬扇子扇啊扇。夹缬是苍南的国家级非遗，有点儿像是扎染。蓝白两色，极其清爽。这种古老的工艺源于秦汉，以蓝草萃取出的靛蓝为染料，把民间土纺棉布染出各种花式。扇子是其文创产品，图案清新雅致，国风之美，尽在其中。选用的"扇语"也很潮，我手中的是"幸福都是奋斗出来的"，要是不奋斗呢？另一把就是"一边儿凉快去"。

众人说笑着，感叹着万事不易，缓行至一高处，极目远望。眼前的景致，白云悠悠，山清水秀——不由得，又想起了"清水珠"。清水珠，能使水清的宝珠，多么美妙的名字。这"山清水秀"的"清"和"清水珠"的"清"，明明是同一个字，可此"清"和彼"清"的获得，却是各有艰难。翻读《世界矾都》一书便可知道，曾几何时，想要得到矾，不只是要付出智慧和汗水，也需要付出"浊"的代价。"世界矾都"的丰厚资源固然带来了滚滚财富，可冶炼、焙烧、风化、结晶、提取等程序所产生的矾浆、矾烟、矾渣等也对环境造成了严重污染。彼时的天空一度矾烟弥漫少见蓝色，甘宋溪的溪水一度成为乳白色的"牛奶河"，山体也一度伤痕累累，目不忍睹……

治理从二十年前就开始了。以壮士断腕的力度和勇气，一百多座小型的矾厂和炼矾点被关闭，随后，系列方案分阶段严格执行：填埋结晶池，清理风化池，除净多年淤积的矾渣，建起了蓄水坝，年年飞播造林，持之以恒绿化……如今，矾山镇唯一的一家国有企业——温州矾矿对矾浆、矾渣、矾烟等污染物皆进行了全面处理，矾浆已经闭路循环使用，矾渣已变废为宝，被用作地面砖，并产生了可观的经济效益。

——想要得到"山清"的"清"，得需要多少思想和行动的"明矾"啊。

告别福德湾时，同行的作家苏沧桑买了几袋明矾分赠朋友们，我也得了一小袋。这明矾自有用处：小区里种有指甲花，我打算回去就加上明矾，染指甲。这是我每年必做的闲事之一。

忽然觉得清闲这个词，跟福德湾搭着挺合适。闲是福，清是德，清闲和福德，难道不是很配吗？

茶 的 海

近些年渐渐爱上了喝茶，也置办了一些茶具。相比于器具的功能性，我更爱的是这些物事的雅致名头，如茶针，又叫茶通，尖细修长，可用来清理茶渍茶渣的滞阁。如茶夹，又叫茶筷，轻薄两片，可用来洗杯烫杯。茶则是小巧量具，可用来取零星散茶。这几样里，我最不明所以的就是茶海。因有说法茶海就是茶盘，也有说法茶海是公道杯，即盛放茶汤的那个大杯。人多时，茶汤先滤入茶海中，再分到小杯里供众人用。是否因此杯最大，所以被称为茶海？我个人更倾向于后者的释义。因生活线条粗放，我总嫌小杯喝茶啰唆，便常常直接用茶海喝茶——或者叫饮茶更合适？有时也把脸覆在茶海上方，让茶的热气蒸熏一下，这时候看着荡漾的茶汤，偶尔恍若临微型的海。

从不曾想到，有一天会在遵义看到真的偌大的茶海——茶园如海。

十年前就去湄潭采过一次风，印象最深的是民歌。那次还沿着湄江河坐了一回船。许是很少有机会坐船的缘故，我对坐船的事总是印象深刻。那天，船在湄江河上缓缓地行着，船下是碧波清流，两岸是峰林茶坡，三三两两的乡民在茶坡上劳作。这些茶坡和乡民让我安慰，想来他们既种着茶，肯定也常喝茶。柴米油盐酱醋茶，茶在末尾，虽可释义为压轴，却也可释义为无足轻重。因在生活必需品里，它到底不是那么要紧。但当温饱解决后，它就要紧了起来，这要紧的方向，多少是带有精神的意味在里面的。也因此，与茶相伴，以茶为生，这样的日子总是会多些舒展和滋润。

湄潭的茶叶种植历史悠久，陆羽在《茶经》中以极简之言谈黔中茶"生思州、播州、费州、夷州"，从那时算来，这湄潭茶脉也该延续了千余年，不仅未曾断绝，至今还越发昌盛——在永兴镇的万亩茶海里徜徉流连时，顿觉"永兴"这个地名如此恰切。本地的朋友介绍说，湄潭已有标准化生态茶园六十多万亩，位居全国第一。其中连片茶园四万多亩，核心区域近万亩，已规划为中国茶海公园。按照这规模趋势，可不就是会永远兴旺吗？作为全国无公害茶叶生产基地示范县，湄潭茶的茶青农残检测合格率达百分百，茶叶产品质量指标监督抽查合格率达百分百。又因低纬度、高海拔、多云雾等地理特性，湄潭茶便打造出了"有机质、无污染、浓爽味"的口碑。所以尽管茶园如海，茶叶盛产，却不愁卖。据悉全县五十多万人，一多半人的营生都在茶中。

一眼望去，所有的山坡上都种着茶，便是名副其实的翠山如海，或者说是碧海成山。波澜壮阔，烟波浩渺，无边无际……用来形容海的词在这里似乎也都适宜。你以为这茶的海没有浪吗？清风吹过，浪声和浪花一样也不缺。而我们一行人在这茶的海悠游漫步，其情形仿佛那句浪漫至极的诗：

"拾云高山上，踏浪大海中。"

一路行来，但凡坐下赏景歇脚，自然就要品一番茶。陆羽在《茶经》中仍以极简之言谈这里的茶："往往得之，其味极佳。""极佳"也太不具体了，到底怎么个佳呢？浓爽，这是本地朋友用的关键词。第一次听见，我竟有些懵。浓和爽能搭在一起吗？乍觉得不合情理，因一旦浓，似乎就不太好爽。可喝了这里的茶就得信服，却原来浓和爽一点儿也不矛盾，果然就是浓爽。

也途经了许多村庄，在浩荡的茶海中，村庄们竟然如船一般。在凤冈县还看了一家村史馆，印象深刻。村名为水河，真是好听的名字。清泉、龙潭、太平、万寿、花藤、蜂岩、石藤、石盆、凌云、天井、松烟……似乎每个村名都能成为散文、小说或是诗歌题目——每到一地，我都爱看地方地图，只因这些清新质朴又生机勃勃的村名总是令我闻之生喜。

前言中说："天高地迥，觉宇宙之无穷。每一个地方，都承载着这片土地的故事，他们用双手创造着历史，在岁月长河中涓涓而去……"我猜度着，写这话的作者，多半应该也是筹建者，多半也应该是本地人——倒不一定是这个村子的人，他以超出村子的视野梳理着这个村庄的历史，也将自己的热爱、审视和思考浸透在了字里行间。

近几年，为了长篇小说《宝水》的创作，我去过不少乡村，也看过不少村史馆。在小说中便也有了一座村史馆。在这小说里，女主人公地青萍在宝水村的一项主要事务就是负责村史馆的筹建和运营，因此我看着水河村村史馆就很有代入感。宝水村村史馆若能落地的话,想来和水河村村史馆应大差不差。

不由得又想起我的小学老师王小庄,他前些时找到我,说为他所在的大北张村写了本村庄志。作为和我老家杨庄挨得最近的村子,对大北张村我自认为还比较熟悉。这是我至亲的姐姐所嫁之村。当年中师毕业后,我也曾在这个村教过书。但是翻开这本村庄志一页页、一章章读的时候,我却觉得熟悉中充满了陌生。比如它的街有多长?有多少亩地?村里的第一大姓——王姓迁到此地是什么渊源?历届的村干部都是什么人?还有,"村小"原来是观音庙的旧址,那座观音庙建于明洪武六年(1373)。王氏宗祠也已历经百年沧桑。村委会附近那个小池塘原来叫月牙塘,离我姐姐家不远的那棵老柳树原来叫过河柳……没错,对于宏大的历史来说,他们都是用放大镜也难以捕捉到的细节,但谁也不能否认,他们都是有姓名的、有来历的。再微渺的存在,也都有属于自己的生命史。而他们共同的生命史,构成了这个村庄的生命史。

——在水河村村史馆里,我以有限的经验推想着筹建者的心情:他正是在以这种方式为村庄和自己留证。而最简单的留证方式就是这些图文,这些既清明朴素又意味深长的图文,如同最易识别又最易忽略的诸多故乡村庄。因此,如同大北张村庄志在本质内容上就约等于是我亲爱的杨庄村庄志一样,某种意义上,水河村村史馆又何尝不是周边村的村史馆呢?其中的历史感可谓高度重合,甚至也可说是普遍历史。

因此，这个小小的馆里，寄存着无数村庄。

那几天，暂歇的酒店是在湄潭乡下的一个庄园，和村庄毗邻。临走前一天那个下午下了雨，便在庄园的茶室里和本地朋友聊地方史和采茶史，他们说得多，我们说得少。此时此刻，我们更愿倾听。他们声音都不高，有静谧安详之气。到后来雨越下越大，简直成了倾盆大雨，众人便都到窗前看雨。我想象着茶坡上那些茶树在雨中的样子、卖茶的村民们在茶香中闲坐的样子，而我们面前的杯中，皆有小小的芽叶在热水中舞蹈着。

晚饭时雨停了，只听得蛙鸣一片，欢悦无比。"茶足饭饱"后正欲睡去，又被朋友们叫出来。雨后的空气舒适得难以言喻，我们在院子里聊天、喝茶、小酌、玩笑，到后来还唱起了歌。也不知是醉了还是怎的，后来我在茶香中居然隐隐地品到了酒意。

村庄的细节

也许到底是柴火妞的根底,我如今是越来越喜欢到村子里去了。在吉安数天里就进了好几个。说是古村,也不纯粹是古村,只能说是亦古亦新。有时候是古的外壳,新的里子。有时候呢,又是新的外壳,古的里子。一时间,还真说不准。

燕坊古村是第一站,以鄢姓人家为主。鄢和燕听起来一样,美妙的同音。村子里人不多,给我们当讲解员的老人就姓鄢,是原来的村干部,花白头发,精神矍铄,讲解起来也是自成体系,真个儿是中气十足、铿锵有力、抑扬顿挫、如数家珍——本来也就是他的家珍,他滔滔不绝的节奏使得我们的提问都得见缝插针,要不然就没有机会。走起路来也是十分轻捷,健步如飞,我们跟得汗流浃背。天气也实在是热。这热不同于北方,是潮且热。到处可见黄色的南瓜花儿和紫色的扁豆花儿,大红色的除了灯笼,还有美人蕉,红花绿叶衬着暗旧的瓦,枝枝入画。另一样红是大箩筐里晒着的喜盈盈的小辣椒,还没靠近就更觉得热了几度。青的是刚刚斩下的芝麻棵,掰开饱满的芝麻瓣,裸呈出密密匝匝的芝麻粒。有的芝麻棵已经被晒成了褐色的,那一准儿就是已经被打干净,成了很好的柴火。在我的河南老家,用芝麻叶做糊涂面条，也是一道独特的美味。还有一个习俗：会留一些芝麻棵故意不打干净，用来钓鱼。抱着这些含着芝麻的芝麻棵来到河边，轻轻敲打，残余的芝麻落下，香气会把鱼儿引来。

大汗淋漓里，我们跟着鄢老先生逛了几处大宅院。有州司马第，青砖灰瓦，平檐有垛，屋内描金彩绘，精致得紧。有"字水滢洄坊"，是三门四柱五楼的结构，映着门口一方水光潋滟的池塘，气势非凡。这名字取自坊中石刻的"字水滢洄"四字阳文，意思是子孙满堂，且有文化，如此才是光宗耀祖。这里的人确实也极崇尚读书，诸多细节里都透着书香之气，一个典型的印迹就是：无论是大宅还是小户，时时可见门头上的砖雕卷轴，鄢老先生说张艺谋来过这里，看到雕砖卷轴很受启发，就有了北京奥运会开幕式的卷轴创意。就是来自这里！这口气，无比自豪。嗯，该自豪。

到达溪陂村的时候，已经是晚上了。正值八月初四，天幕将黑，新月正起，天空是蓝灰的，有点儿莫兰迪色的感觉。村里的路灯还没有亮，下了车，视线要过一会儿才能适应。村口大树下，有老先生老太太们坐在那儿，手里打着扇子。也有夫妻带着孩子在玩耍，其乐融融。都是吃过饭正乘凉的悠闲模样。我却是有些焦躁的。是因为有些饿，也是因为自己近视。天黑着，没有灯，这样的路，高高低低的，到底不如柏油马路那么平坦，走着不怎么踏实。带路的人是本地的朋友，一直在安慰说，马上就要亮灯啦，马上就要亮灯啦。我嘴巴里是体谅的，摸索着走在小巷子里，心里却忐忑着。

小巷深处很安静，安静到了寂寞的程度。突然间，灯就亮了起来。刚好走到一个有池塘的宽展处，灯光就是从池塘壁开始亮的。其实我对亮化工程之类的灯光效果一向不怎么感兴趣，总嫌闹得慌，可这一刻，却被这个灯光折服了。池塘壁上的灯光不是白炽灯的惨白，而是幽幽的蓝，衬着池塘里面的草木，让你明明知道这是人造的，却也觉得就该这样。再然后，屋檐的灯线次第亮起，是金黄的。你想，浅白的新月，蓝灰色的天，还有点点星光，金黄线条勾勒出的屋檐，幽蓝的池塘……这个层次多么美妙。如果白天在村里走一走，应该也会有另一种美，不会让人失望。——如果我的推测准确的话，这个村庄在修复的过程中一定请了审美很不错的专业乡建团队，灯光设计师应该在这里住过很多个夜晚。

这些年，我去过不少所谓的美丽乡村，说实话，有一部分谈不上美。要么就是给墙刷白的面子工程，仔细打量起来，无非是一种糊弄人的简单粗暴。要么就银杏草坪格桑花，是另一种不伦不类的复制风。如何贴合着本乡本土的气息，呈现出一种不突兀的自然美，内外融洽的美，观感舒服的美，实在是一道有难度的考题，能得到漂亮分数的村庄有多少呢？

吃完饭，我们散了一会儿步。灯笼里透出的氤氲光晕笼罩着大街小巷——不，没有大街，都是小巷。这些红灯笼就在小巷里默默照耀着，宛若纱灯般朦胧，简直是有些含情脉脉的韵致。这种灯下的人也是分外好看的。迎面就来了母女两个，母亲是三十来岁的娇俏少妇，手里拉的小女孩玉雪可爱。再走着，就看到一间门面房里几个汉子光着臂膀在那里打牌，很痛快地吃喝着。这乡村场面着实亲切熟悉，虽然这样子似乎不是很文明，然而乡村文明是能用城市文明的标准来评判的吗？恐怕得自有一个分寸，需要用一把弹性的尺子来量。乡村的核心和灵魂是什么？除了这些活色生香的人，我想不出别的答案。我最不喜欢的模式就是，一个什么公司过来把村子腾空，让老百姓都迁出去，然后进行商业化的旅游包装。一个村庄，一栋房子，总是需要真正爱她的人在那里生活，需要这些人在那里滋养出柴米油盐的过日子的气息，才是真正的房子、真正的村庄。这样的房子和村庄，也才有真正的生命。

还去了钓源村，给我们解说的也是一个村干部，是个姓彭的女士。她是村里的妇联主任，身材壮实，眼睛亮亮的，声音高高的，穿着高跟鞋，走路噔噔的。她的讲解是提问式的，要么只说上半句，等我们答下半句。要么是空一个词出来等我们填，有点像老师教学生，且是很爱互动的老师。我们经常被她逗得大笑，开怀不已。

村子很大，我们只走了一部分。先去的地方依然是祠堂，这里的人基本都复姓欧阳，所以这个祠堂名为"钓源欧阳氏总祠"。既有总祠，那就还有分祠。有五大派分支，以仁义礼智信命名。我们又去了礼派宗祠，祠堂正中的匾额"存礼堂"三个大字居然是钱谦益的真迹。你就能够知道，这个村庄的底蕴该有多厚。

到处是香樟木，浓荫叠翠。彭女士一路引领着我们，讲池塘和古井，讲喇叭巷，讲钓鱼窗，讲门牌号是65的"歪门邪道"宅,讲"小南京"遗址,古戏台,"忠节第"牌坊……红灯笼也是这里的标配,照例也有精美的木雕,也是处处有对联,对联内容都是纯正的中国式哲学——"能忍自安知足常乐,群居守口独坐防心""家宝善为传,无求品自高"等等。老不老?腔调很老。新不新?常用常新。

我尤为感兴趣的是他们的家居布置,比如他们墙上的贴画,常常是虚构和非虚构的剧烈结合。在一户人家的堂屋里,东墙上有一幅画,远景的亭台楼阁都是实拍的照片,近景却是画出来的"喜鹊登梅",硕大的梅花和喜鹊占据了半个画面。还有一家,堂屋里有两张桌子,都铺着塑料桌布,上印着大大的福字,周边的花朵有荷花、有玫瑰、有牡丹,也是虚实夹杂,颜色秾丽。一桌挨着这个墙,一桌挨着那个墙,遥遥地呼应着。在这样的老宅里,这样的桌子就是那么合适。——这些细节真是让我迷恋,细节里蕴藏着的气息里洋溢着民间特有的想象力,他们就是这样潇洒任性地把他们崇拜的、喜爱的元素融汇在一起,融汇在自己的日子里,狂放,天真,直接,可爱。

在大名鼎鼎的吉州窑景区,粗浅地了解了一下吉州窑的历史,我们拐了个小弯,到一家名为"本觉坊"的个人工作室尽情地赏了一番木叶天目盏,出得门来,方才察觉到这里正毗邻着村庄。本地的朋友说,有不少年轻人都成立了工作室,隐在村子里潜心研习所钟爱的陶瓷事业。虽是行程匆匆,不好再进村探访,可听到这信息也颇觉欣慰。

行走在这些村庄中,只要有足够的耐心,就能从无数细节中触摸到一个村庄兴衰嬗变的简史。其间的沧海桑田自是令人遐思。不过于我而言,最动人的还是村里的这些人。如燕坊古村的鄢老先生,钓源村的彭女士,他们讲解时的气势就是,不管多有文化的人到村里就得乖乖听他们讲,这里就是他们当之无愧的主场,他们就要有自己的话语权。而对此呢,大家也都非常地尊重、配合和欣赏,也许他们的讲述会有这样那样的瑕疵,但这重要吗?一点儿都不重要。重要的就是他们那个精气神儿。这是他们的村庄,他们祖祖辈辈生活的村庄。他们正该如此啊。

忽然六题

气　息

端午时节,来到四川泸州。沿着赤水河,视线里青青绿绿的山山岭岭无边无际地绵延着。蓦地听见司机降下车窗说,前面就是二郎滩,能闻到酒香了。

二郎滩意味着二郎镇,二郎镇意味着郎酒。也是有趣,忽然觉得郎这个字,不论男女去读,本都是含有酒意的。由男人读出来,是铿锵有力,由女人读出来,是情切意绵。比如其标志性产品青花郎和红花郎,青花郎是书生意气,挥斥方遒;红花郎则携带着新郎的神采,让人不自觉地想到洞房花烛,氤氲迷醉。

郎是酒,酒是郎啊。

果然,酒的气息扑鼻而来,却也不是纯粹的酒香,而是混杂着其他繁复气息。细细甄别,有的来自漫山遍野的植物,有的来自刚刚成熟的小麦,有的来自被阳光蒸晒着的燠热的雨水,有的甚至来自刚硬沉着的岩石……这一切彼此交汇着,融合着,殊途同归地走在成为酒的道路上。

作为一个酒量约等于零的人,我却是喜欢酒的。喜欢看别人喝酒,喜欢喝酒的氛围,微醺中话题凌乱,想说什么就说什么,乘着酒的翅膀,肆意飞翔。

大碗喝酒固然是豪爽的做派,但我更喜欢喝慢酒的风格,如果是我请客,我会很愿意和很慢的朋友在一起,一小杯,一小杯,慢慢喝。大杯也不是不可以,但也要是一小口、一小口。要吃着花生米,要把花生米嚼得很碎,慢慢喝。朋友最好也是很慢的朋友,当然,他们走路的步子快一点也没关系,说话的语速快一点也没关系,只要他们的心,是慢的,和我的,一样慢。

慢

远远地看着赤水河,它流得也很慢。

据说它是唯一没有被开发的长江支流。这真是太好了。

不管什么时候,它的流速似乎就是这样。

忽然有些好奇:喝白酒的中国人里,有不知道这条河的吗?恐怕没有。这条享誉世界的"美酒河",每一滴河水,每一道涟漪,似乎都含着酒香。

酒水酒水,酒便是水,只是更特别的水。而原本貌似平常的水进入了酒的程序,也会羽化而登仙。无数次听到关于赤水河的传说:上半年原本浑浊的赤水河,重阳节一到,它就会神奇地回归清澈。而重阳到翌年端午是酿酒的上半程,正是用水的关键之际,需要大量的水来清洗、浸润和蒸煮高粱。翌年端午再到另一个重阳，便是雨季，两岸泥沙被冲刷入河中，河水便会再度浑浊起来，此时酿酒进入了下半程，用水量恰也不大了。有意思的是，这期间的浑水也有妙用，貌似影响了水质，其实只是观感发生了变化，而这对于酒来说依然是一件美事：泥沙给赤水河带来了丰富的微生物和其他物，成为影响酿酒风味的重要因素，很有价值。

这么看来，对于沿岸的诸多美酒品牌而言，赤水河确实是为它们而生的。这条河，是青衫之交，是红颜知己，是灵肉夫妻，是神仙眷侣。

这样的情谊，是慢慢交下来的。这样的河，怎么能流得快呢？

在这里，慢的绝不只是河。

重阳是慢的，一年就这么一次。

端午也是慢的，一年也就这么一次。

粮食是慢的，每年都必得这么种、这么收。

收上来后呢？就是重阳投粮，端午制曲。

微　生　物

重阳投粮，在这里叫下沙。因这里酿酒专用的原料是产自川南黔北高山地区的"米红粱"，粒小皮厚，支链淀粉含量高达95%以上，这种结构决定了它能扛住复杂的工艺：它有足够的内容可以贡献，它也有足够的毅力能够支撑。换句话说，它肉多骨头硬。这种高粱被碎化后看起来像沙子，所以投粮又叫下沙。整个过程要有两次投粮,九次蒸煮,八次发酵,七次取酒,终成一坛好酒,这就是郎酒的12987。这绝非数字游戏。酱酒的重点是反复蒸粮,每一道工序都意味着时间、耐心和智慧。

此行虽没有机会欣赏到重阳投粮,能看到端午制曲也是好的。

手边有一本制作精良的《郎酒品质主义》,书里写道,之所以要选在端午制曲,是顺天应时。因制曲的粮食是本土产的软白质小麦。这个时节,小麦正值成熟,颗粒归仓之后,便是润粮、粉碎、加入优选母曲、拌和、踩曲、发酵等一系列一丝不苟的严格工序,如同凤凰经历了涅槃,之后的小麦便升华成了高温酒曲。有多高温?专家说,发酵品温高达62—65度。在端午制曲还有另一种意义的顺天应时:此时已经入夏,正是微生物生长活跃的旺季,这样的制曲方法也能网罗到更多的有益微生物。

——忽然发现,微生物,也是这里的高频词。他们说,二郎镇是U型低谷地带,茂盛的植物富含负氧离子,盆地空气流动相对稳定,为微生物的缓流和沉降创造了有利条件。他们说,这里温热湿润的气候是酿酒有益微生物舒适无比的发育温床。他们还说,这里的土壤酸碱适度,有良好的渗透性,非常宜于微生物的长期栖息和微生物群落的多样化演替,而郎酒特有的红砂石窖池,富含二氧化硅,质地也很利于微生物生长繁殖……

简而言之,这里的水土、温度、湿度、草木、粮食、河流、空气等等综合成了酿酒所需的一切微生物：酒坛外壳的苔泥，飞翔在曲块上的曲蚊，微风拂过树梢吹舞起的尘埃，山谷间如雾如云的蒸汽……难以命名的那一切微小事物，都是它。微生物，这最小的生物，你的眼睛甚至看不见，你的指尖也捏不起，可微有微的力量，一旦成为微生物，它就成了不可改变的微生物。它有它的倔强，有它的坚持。它是不可控的，自有方向和逻辑。

不由得感慨，世上最不可控的是否就是它了？毕竟连大风都起于青蘋之末啊。

时间的礼物

红酒，白酒，黄酒，黑啤……酒是有颜色的。相较而言，我还是觉得白酒最神奇。明明如水，如至清的水，喝进口中却是火焰。这是自然的魔术，是大地的魔术，是粮食的魔术，是人与这一切的魔术。

郎酒庄园的格局让我这少见识的人叹为观止。在露天陶坛库，看着那些似乎是无穷无尽的坛子，我就想醉了。在地宝洞和天宝洞，醉感弥浓。说实话，我最喜欢的还是天宝洞。据说在1969年的春天，郎酒厂的一位员工上山为母亲采药，在这里邂逅到岩燕飞起，便发现了这个天然适合存酒的洞。阔大，幽深，清凉，还有就是醇香。在这里静静地站着，忽然恍惚自己就是一枚小小麦粒，被酝酿进了白酒的王国。

总有些事物是时间的礼物，这些美好的事物获得了特权：

越老越美，越老越好。如老玉，如老瓷，如老汤，在这里，就是老酒。天宝洞，一大坛一大坛，坛里装着的岂止是酒呢？是凝固的岁月，是液体的梦幻，是岁月在梦幻中，是梦幻在岁月中。

天宝洞门外的正上方还刻着它更早的名字：天保洞。无论天保还是天宝，我都觉得好。天保是上天保佑，天宝是物华天宝，各有各的好，不是吗？

歌　如　曲

制曲车间里，女工们至今还保持着光脚踩曲的传统，真的就是光脚。年年岁岁，就是这么一脚一脚地把酒曲踩出来。踩成四周紧中间松的元宝模样。负责技术指导的师傅告诉我，他们也尝试过用机器替代，不行。还想过让工人们穿鞋踩，依然不行。

就是要人，必须是人。她们用自己的重量，用自己的汗水，在曲块上工作。曲块如土地，她们似乎是在以踩曲的方式耕耘。又或者说，她们是在以耕耘的方式踩曲。

是表演吗？不是。这就是她们的日常。

不要速度，不要效率，她们做的，就是要保持。保持原有的经验、原有的工艺，使美酒成为美酒的原有的一切。

暗暗揣测，她们在踩曲的时候是否会唱歌？不，我还没有那么矫情，以为她们会边唱边踩，不过，在内心里，是会有一种韵律和节奏吧？那不就是她们的歌？如此便是曲如歌，歌如曲。歌曲歌曲，我真是有些怀疑，歌曲的曲就是从这里来的。

——屈原。此时此刻，他的名字忽然涌上来。这个与端午结缘最深的大诗人，他必定歌吟过自己的诗，他也必定是边喝酒边歌吟的，他写下的诗行如投入历史的粮食，年年端午被制曲。所有的酒香中，仔细去闻，必定有他的一脉啊。

酒 的 哲 学

《郎酒品质主义》是本有意思的书。不知不觉中，我已摘录了许多佳句——

> 曲乃酒之骨。
> 水是酒中血。
> 酒的时间，舌尖知道。
> 酱酒是时间的朋友，郎酒是时间最好的朋友。
> …………

读着读着，神思远遐。忽然想，酒固然是物质的，可它的核心意义其实在于精神。尤其是白酒，它的凌空蹈虚所蕴藏的审美意味，难以言喻。不过前提必须是：酒是好酒。精神的形而上却根基于缜密的源远流长的古老技法，这又是多么辩证的哲学啊。

赊店春雨

一点一横长,一撇到南阳。小时候猜字谜,这是个经典题目,谜底是"广"字。我不解,问老师:"为啥这一撇就非得到南阳呢?不能撇到别的什么地方去吗?"

老师懒得搭理我。又问别人,没有人接这个茬。长大后我才知道,与"南阳"同音的也有"南洋"的说法。但毋庸置疑的是,我老家说的就是南阳。细想也有缘故:我老家是豫北,南阳在豫西南,在老家人的心里,南阳就是很远很远的地方了吧。

曾到过南阳多次。这次去的社旗县赊店已是第二次了。第一次去是十年前,一晃十年过去。人这一辈子,还真搁不住这么几晃啊。

抵达当晚先吃到了久违的地道河南饭:蒸槐花,油茶,锅盔面饼。真是香。也见了一些久违的老朋友,离乡到京后再见故人,分外亲切——似乎只有离开故乡,故乡才是真正的故乡。因为打了新冠疫苗,遵医嘱没有喝酒。其实就是不打疫苗,我也喝不了什么酒,在饭局上,我喝酒向来就只是一种表演性的礼仪。但是,我喜欢看别人喝酒,美酒的味道哪怕仅仅是闻着,也是一种享受。这个对我而言久违的河南之夜，席上的人推杯换盏，小镇的空气酒香浓郁，目光所及皆亲切可爱。

翌日清晨，下了小雨。或许是因被春雨洗过，虽是故地重游，一切却仿佛都是新的。赊店以酒名世，行程里的一切自然都离不开酒。先去了刘秀广场，接着就是看"赊店酒乡特色小镇"宏大的规划图，然后便按图索骥，神泉井、酒署、手工曲坊、古窖池、酿造工坊、科研中心、自动化灌装中心、山体洞藏……一切都和酒有关，酒也和一切有关。

在工业园里，我们欣赏着酿酒的过程，度量着宽厚的酒窖，赞叹着工艺的繁复，迤迤逦逦一行人，看酒、品酒、论酒，说高粱香，说小麦醇，说大米净，说玉米甜，说糯米绵……在酒署盘桓了许久，这个如此严肃的专业管理机构，因为酒的关系，我的心情也是微醺的。这个地方在我心中，就是如同月季研究所之类的有趣之地，总能让我格外浮想联翩。当然，再浮想联翩，也跑不出酒的意识领地。酒署正中那副漫长的对联，我只记得了上下联的最后几个字：酒中日月堪悬镜，壶里乾坤常澄尘。酒中日月，壶里乾坤，可不就是赊店千百年来的时光记忆？

"天下店，属赊店"这名号不是白得。曾经的赊店，因地理位置优越，便南船北马，总集百货。尤其是清乾隆、嘉庆年间繁荣异常。鼎盛时期镇内流动人口达十三万之众。资料记载："21家骡马店朝夕客商不断，48家过载行日夜装卸不停。白日千帆过，夜间万盏灯。临暮，船上楚湘歌舞达旦，岸上交易灯火如昼。500多商号72道街分行划市，相聚经营，生意兴隆。"所谓"各省买酒不用问，云集赊店东船运"是也。也是因为其中有相当数量的晋陕二省商人发迹，便捐巨资建成了精妙绝伦的山陕会馆。

午饭过后，我们便去了山陕会馆。十年前曾看过的，朦胧中只记得很壮观。此时再看，朦胧成了清晰，琉璃照壁墙都可细赏半天。任何一个图案都有说法，都有典故。——中国人务实起来极其务实，梦幻起来也是极其梦幻。附丽在各种物体上，都能让想象抵达美好之境。

比如圆形设计的团寿，寿不用多说，团的造型则是意指做生意要合作团结。比如蝙蝠刻在下方，意为遍地是福。比如照壁最核心位置的獬豸，额头正中位置长了一个独角，俗名独角兽，据说这神兽能辨是非曲直，能识善恶忠奸，且会把一切负能量统统消化掉，额头的角又在正中，便成为公平和正义的象征。山陕会馆是商业会馆，从商牟利自是重要，但求财须有道，这个道亘古不变，就是公平正义啊。

二龙戏珠也有意思，因戏的是蜘蛛。珠、蛛既是同音，在民俗上便也可以通用其形。"蜘蛛集而百事喜"，古人把喜蜘蛛称作"喜子"，也叫"喜虫"，视之为吉兆。蜘蛛和知足又是谐音——在谐音的巧用上我们的汉语可谓登峰造极——所以恐怕也有知足常乐的取意，不过似乎也有隐隐的警醒之音。同时蜘蛛本体吐丝织网，亦可喻为四通八达的关系网人情网中，财运亨通。小小一只蜘蛛，负载着警醒、劝慰和祝福等各项职能，还真是有点儿替它累得慌。

还有鲤鱼跳龙门，龙门呈阁楼状，楼右为鱼尾，楼左现龙身，过龙门之鱼化为龙体，逆流升腾而上。龙是什么？在过去的标准里，子孙们科举中榜，光宗耀祖，飞黄腾达，这都是龙。而现在，龙的象征日渐溢出了世俗框架，在我的意识里，向上超越的一切，都是龙。

——酒也是龙，是所有饮品中的龙。酒是粮食精，酒也是粮食酝酿出的梦。酒的梦幻气质，让人们在某些时刻生长出透明翅膀，短暂地脱离了世俗的牵绊和桎梏，能够自由飞翔。于是，我们可以看到，平素里矜持的人散漫了起来，端庄的人调皮了起来，低调的人居然吹起了牛，严谨的人也露出了可爱的破绽……

大约是自家地盘上丰产好酒的缘故吧，南阳人素有酒名，似乎也皆有酒量，著名作家李洱谈事论人向来是亦庄亦谐中切近要义，他在妙文《陪何锐先生去南阳》中趣味横生地写道："到南阳喝酒，可不是闹着玩的。南阳这地方，是长江、黄河、淮河的自然分水岭，南秀北雄集于一身，千年文脉从未断过，茅坑和猪圈上都贴着工整的对联。南阳的酒文化，在汉代画像砖中早有描绘。……南阳的酒文化从历史深处走来，一屁股坐在每一桌酒席上面，让每个人都变成了酒葫芦。从入席，到斟酒，再到敬酒，都有一套严密的程序。身临其境，除了入乡随俗，乖乖就范，喝个酩酊大醉，你几乎没有别的选择。这主要是因为南阳人太会劝酒了。"读到此处，就会忍不住想起在赊店的那场夜宴，人们在侃侃而谈中觥筹交错的情形，恰如李洱描述的那样，"每一杯酒，他们都有几套理论。那几套理论平时或有冲突，但在酒气氤氲中竟然辩证统一了。

他们会从猿人造酒谈起，谈到'人法地，地法天，天法道，道法自然'，然后再谈到'仁义礼智信，天地君亲师'，谈到'醉里乾坤大，壶中日月长'，谈到'莫思身外无穷事，且尽生前有限杯'。南阳人的劝酒辞，是历史诗学的有机组成部分。你若不把那杯酒一口闷了，不仅是不逆大道，不仅是听不懂人话，不仅是看不起人，而且简直不算个人。"

看着人们用"历史诗学"语调互相劝酒，我得承认，他这段话也是在夸张中写出了精髓。这样的气氛中，其实是很想喝两杯的，如果没有打新冠疫苗的话。不过话说回来，即使不打疫苗，我大概也不敢举杯。我的酒量在此地是妥妥的"忽略不计"。可是，说真的，我非常喜欢看别人喝酒，也非常喜欢看别人喝醉。喝酒的人是可爱的，喝醉的人更是可爱的。更何况，此时此刻举目四望，好友如酒，情义如酒，春风如酒，春雨呢，简直就是酒本身呀。

雨下了一整天，一整天里，我们都浸泡在雨意里，浸泡在酒香里，或者说，浸泡在含着酒香的雨意里，又或者说，浸泡在含着雨意的酒香里。这样的时刻于我是很少的，让我不由得在微醺中觉得，赊店的酒，其实就是恒久春雨。这春雨被人酝酿出来，珍存着，传递着，常喝常有，随喝随有。赊店的酒香，也是恒久春意。这春意在人脸上，也在人心里啊。

这一道揽锅菜

算起来其实到鲁山没几回，有点儿纳罕的是总觉得来了很多次，想了想缘由，大概是因为跟叶剑秀联系比较多的缘故。因跟他联系得多，听他说起鲁山也多，在意念中就觉得跟鲁山很熟了。

叶剑秀是鲁山县作协主席，乍一看就是最平朴的中原汉子，说起话来是浓浓的乡音，但认识久了，就会发现他有剑气，也内秀。为人处世简洁明快，同时又细心周全，和他打交道，心里总是格外踏实和温暖。鲁山最有名的吃食就是揽锅菜。郑州很多店面打着鲁山揽锅菜的招牌，可不论多正宗，到底也不如鲁山本土正宗。因此第一次到鲁山时，我跟叶剑秀表达了这个诉求，他答应着却没带我们去外面吃，而是买来送到了酒店里。后来聊起，他说做揽锅菜的大都是小店，他觉得带我们吃小店非待客之道，唉。

这个冬日，与几位师友又来鲁山。下了高铁，在去酒店的路上，向阳老师就向叶剑秀预订了翌日早上的羊杂汤，说早餐就想喝羊杂汤。那就喝呗。用叶剑秀的话说，这不值什么。约了清晨七点大堂集合，众人皆按时至，却单缺了向阳老师。我便到总台打房间电话，她接起电话，却是睡意蒙眬道："七点了？"我说"七点十分啦，都等你呢"。她连忙答应着说很快下来。果然十分钟之内就下来了。对于她这端庄女子来说，可以想象是如何手忙脚乱。她不好意思地说："睡得太香了。""嗯同意。"我也睡得很香，若不是为了羊杂汤的香，就一定要贪恋这酣眠的香了。我们两个河南女子，回到故乡，就是这样惬意吧。

羊杂汤满满一大碗，果然鲜美。馒头免费，每人吃了一大个。简短的会议后便先到梁洼镇鹁鸽吴村。一条大浪河穿村而过，河畔有鹁鸽崖，因崖壁洞穴内有很多鹁鸽而得名。房子多是民国时期建筑，青石墙，青瓦顶，因古色古香的韵味完整保留，这个村子已经入选了中国传统村落。冬日暖阳下，站在高处，近处层层叠叠的屋顶，远处碧蓝清澈的河流，仿佛是一帧巨幅风景照，耳边似乎隐隐响起"一条大河波浪宽，风吹稻花香两岸"的歌声来。

在辛集乡徐玉诺故居，我们流连了许久。大门右墙上方镌刻着南丁先生的手迹，"徐玉诺故居"几个大字遒劲有力。南丁先生是向阳老师的父亲，是几代河南作家都很敬爱的前辈。小院坐东朝西，堂屋坐西朝东，这个朝向可以在第一时间沐浴到朝阳。我喜欢。想来这最新鲜的阳光徐玉诺先生应该也是喜欢的吧。屋子是黄泥墙，小木窗。室内一副正在收拾的家常模样，依着西南角落居然还放着一架完整的织布机。也不知道徐玉诺先生的母亲有没有用过这织布机，有没有用织出的布为他做过衣裳？园子里还种着菜。香菜、笨菠菜、蒜苗等，一片片碧色如茵。徐玉诺先生在世时，这地里也是种着这些菜吧？

徐玉诺早在1921年初以小说《良心》进入五四文学革命史,后来的诗集《将来之花园》被闻一多认为或可与《繁星》比肩。但这些对他而言都不足挂齿。不受名利羁绊,宛若闲云野鹤,南丁先生称誉他为自然之子,还特撰写长文《自然之子徐玉诺》,如此描述1950年他初识的徐玉诺:"鹤发童颜的徐玉诺,白须飘飘的徐玉诺,腰板直溜的徐玉诺,脚步矫健的徐玉诺,于那年的春天从他的家乡鲁山县来省城开封参加各界人民代表大会,在会上作了如何种红薯的大会发言……"写徐玉诺一年四季枕着一块砖睡觉,而他的薪资大都捐赠给了生活有困难的民间艺人。1958春天,徐玉诺病逝,归葬故里,就在徐家营的凤凰山下。家乡的小学现在叫玉诺小学。想来徐玉诺先生泉下有知,也是会欢喜的吧。

走出徐玉诺故居回首时发现,大门对联的横批是"怀瑾握瑜"。瑾瑜皆美玉。徐玉诺先生自己固然是怀瑾握瑜,鲁山有了他不也是怀瑾握瑜?

接下来的行程里,我们到鲁山花瓷艺术馆品鉴了一番花瓷,又到县农特产品展销中心一站到底地了解了一下鲁山的其他特产:仙女织的丝绸,张良镇的蔬菜,赵村镇的温泉,辛集乡的葡萄,瓦屋镇的香菇,仓头乡的花生、红薯和艾草,背孜乡的林果,汇源街道的大棚食用菌,下汤镇的温泉——凡含汤名之地必定有温泉。还有什么呢?纯红薯粉条,蒲公英茶,香梨……"鲁山真是啥都有。"听着我们的感叹,鲁山的朋友们以朴实的笑容应答。

看着看着，就想起叶剑秀的散文集《怀念爱》里的篇章来。在《怀念爱》里他如数家珍地详叙着鲁山。我给他写过一段简评，其中写道："他最柔软的情绪充分地流溢在了他的散文里。散文集所写内容，基本上两大主题：向内的故乡和向外的远方。故乡纪事又分小故乡和大故乡。小故乡是生养他的村庄，有古桥水井，有各色美食，有淳朴人情。大故乡就是鲁山了，鲁山的人文掌故、历史渊源、特色花瓷等等。……读他的散文如阅画卷，精思巧构的大小画幅容纳着丰富的心灵景致，可思、可叹、可赏。"——整个儿鲁山，这七山一水二分田的鲁山，又何尝不是一篇大散文呢。

看着看着，又想起第一次到鲁山时吃的那一道揽锅菜来。揽锅菜本是杂烩菜，菜的内容包括且不限于：软硬适中的油焖豆腐、以剔骨猪肉为馅料的油炸丸子和油炸酥肉，这些需要"过油"的菜亦取"越过越有"之意。另有本地上乘的红薯粉条、蕨菜和各种时令青菜，调料则是优质的豆瓣酱、老抽、花椒、胡椒等，再加配白芷、肉桂、陈皮、砂仁等中草药文火慢熬，熬到时辰终成佳肴。——整个儿鲁山，这七山一水二分田的鲁山，是否也恰如一道风味绝佳的揽锅菜呢？作为墨子、仓颉和徐玉诺的故里，同时还是官方认证过的牛郎织女文化之乡、屈原文化传承基地、温泉之乡、长寿之乡、名窑之乡……鲁山这一口文化巨锅，揽尽了这些菜，熬出来的滋味，又怎一个浓郁了得？

中牟的距离

据说若干年前，关于中牟，有这么一个冷笑话。

甲：你是中牟的？

乙：对呀。

甲：太偏啦。

乙：对呀。

甲：住的还是茅草房？

乙：对呀。

甲：有老虎没有？

乙：有。

甲：那不害怕？

乙：自己家养的，怕啥。我们都骑着老虎出门。

甲：你那老虎呢？

乙：去那边抓个郑州人。一会儿就回来了。

这笑话的要义说的是中牟的远。所谓远，当然是相对的。问话的甲应当是个郑州人，还应当是个老郑州人。较之于如今，若干年前的老郑州也并不多大，中牟则更小，二者之间，是苍茫的田野。两个地方的人各自安居，交流不多，老郑州人自恃中心，问话时就有了隐隐的倨傲。中牟人觉得愤慨，便故意以荒谬之言相对，卫护自尊。这种心态，使得这样的冷笑话有了产生的可能。

现在，每年我都会去几次中牟，每次去的感觉都是：近，真近。不是吗？开车不过半个小时，就进了中牟的地界。再开半个小时，就到了中牟城里。这一路上，郑开大道两侧，早已经看不到田野。进入眼帘的是什么呢？是好看好赏的：象湖，绿博园，牟山湿地公园，改造后的贾鲁河。是好玩好逛的：方特欢乐世界，华谊兄弟电影小镇，海宁皮革城，杉杉奥特莱斯。如果向北朝着黄河的方向驰去，更是一溜儿让人目不暇接的好景致：雁鸣湖，国家农业公园，秀园，畅园，玫瑰园，观鸟林森林公园，静泊山庄……不胜枚举。至于好住的靓丽楼盘，在中牟则是一处接一处：建业春天里，康桥香溪郡，普罗旺世理想国，碧桂园，万科……很多朋友有条件改变居住环境后，买的新房子说起来都是在东区，再一问，都是比东区更东一些。说到底，也就是在中牟。

"在中牟不就在郑州吗？中牟就是郑州。"朋友们说。

是啊。此时此地的中牟，基本就等于郑州了。在这里定居的朋友们，似乎已经感受不到中牟的远和近。远和近衡量的是距离，对他们而言，中牟已经无须用远近来形容，距离这个词也就失去了意义。诸如我这般没在中牟定居的朋友们呢？细想一下，即使是在郑州最有历史感的老城区过日子，无数的小细节里，也都和中牟息息相关。春天的草莓是中牟的，夏天的西瓜是中牟的，秋天的螃蟹是中牟的，一年四季的葱蒜是中牟的……至于你在家门口超市买的各色果蔬，原产地或许是北疆南国西域东海，却也都由中牟送达——万邦国际农产品物流公司，就是一个巨大的周转中心。这些都告诉着我们，郑州人的生活早已经和中牟无法切割。甚至，就舒适度和方便性而言，在中牟定居，确实可谓是更为上乘的选择。

我也想住到中牟去。像我一样被中牟抓走了心的人，还有很多吧？等到越来越多的郑州人都被中牟抓走了心，到了那时候，如果甲再碰上了乙，会说些什么呢？那情形，很可能是乙先开口的。乙会不会对甲感叹：你是郑州的？太偏啦。

柴火妞的盛宴

年龄越大，越怀念小时候的过年。那时我在乡下，是个地地道道的柴火妞儿，满心觉得过年真是一件再好不过的事，整日里数着指头巴望过年，"闺女要花，小子要炮"，似乎平日里所有遥不可及的愿望都可以在过年的当口和鞭炮一样集合，呐喊，爆出明亮的火花。

新衣服是肯定要穿的。父亲在焦作市矿务局上班，工资不多，养活一家人显然是有些吃力。可无论怎么算计怎么省，过年时五个孩子每人一身新衣服是铁板钉钉的事。但新衣服不能买成衣，那花钱更多。需得做。奶奶心灵手巧，能裁会剪。母亲锦上添花，喜描爱绣。于是，我们的衣服，尤其是我和姐姐的衣服，都会有出乎意料的惊喜。记得八岁那年春节，我得到的新衣是一件天蓝色小褂，罩棉袄穿的。白色的公主领上镶了一道细细的彩虹边儿，左胸前是母亲精心刺绣的一大朵牵牛花。由花心的玫红渐变至花瓣的粉红，旁边还有枝叶的浅翠深绿缠绕而下——行文至此，我已经伤感地发现，这纷繁的色彩搭配俗艳得很。但我仍要说：记忆里的这件衣服却是无与伦比地绚丽可爱，只因她是母亲的作品。

母亲给的，往往无可挑剔。更何况是已经过世的母亲呢？

还有扎头发的绸子，也必得要一对新的。不讲究的绸子是不锁边儿的。不锁边儿的容易脱丝，坏得快。当然也便宜。讲究些的就是锁边儿的。往往锁的边儿还是同一个色系：深蓝的绸子锁浅蓝色的边儿，大红色的绸子锁暗红色的边儿，橙黄色的绸子锁金色的边儿……女孩子们扎得最多的，还是红绸子。飘飘扬扬的红绸子，扎在高高的辫子上，如冬天里的火焰。如果再戴上崭新的围巾，把女孩子上边云彩下边花地这么一衬，无论多平凡的小脸蛋儿，都会显得千娇百媚，好看得没法子。

除了自己的一身打扮，柴火妞儿过年最关心的，就是各种各样的好吃食了。好吃食从腊八就有了苗头。腊八粥一早就熬出了第一缕年气儿。然后是放寒假，跟着母亲去赶集，买瓜子、糖果和串亲戚用的点心。到了腊月二十三，就趁着灶王爷的光吃糖烧饼。眼看天色黄昏，连忙跑到村口，等着父亲下班回来。"二十三，祭灶官，远近大小都回来。"我知道父亲必定是会在晚饭前到家的。而他的黑布包里，必定还会装着一两袋芝麻糖。"二十四，扫房子。"这一天是劳动日，我的任务是擦洗桌椅，搬挪坛罐。"二十五，去领鼓。"我就和一班小孩子跟着村主任敲锣打鼓，到那些军烈属家慰问，送骑鱼娃娃的年画和两斤五花肉。——也有我家一份。爷爷在解放战争中战死在沙场，奶奶至去世熬了五十年的寡。是烈属。送到我家的时候，我总免不了几分得意。那时节还不懂，我这心里的几分虚荣得意，在奶奶心里是何等深切的痛楚。

两斤五花肉自然是不够过年的，于是"二十六，去割肉"。

接着"二十七,洗萝卜"。洗了萝卜是为了盘饺子馅,炸丸子。

因酷爱吃饺子,我最感兴趣的便是盘饺子馅,对这事现在依然是兴致浓厚。这么多年来,我吃过形形色色的饺子,也做过形形色色的饺子。饺子馅的配菜可谓包罗万象:西葫芦,黄瓜,茄子,豆角,青椒,白菜,韭菜……要我说,最好吃的饺子馅就是两样。一样是荠菜。春天的荠菜,那个嫩,那个鲜,什么都不能比。小时候,我经常被母亲驱赶着去野地里采——对,要野长的荠菜才好吃。现在都进了大棚,意思就少了。也不是心理作用,吃是能吃出来的。野长的东西,那个鲜劲儿很蛮横,不讲理,天地雨露滋润过的东西,还是不一样。大棚里的鲜劲儿就是两个字:规矩。你说,规规矩矩的东西,可不是意思少了?还有一样就是萝卜。萝卜馅是最常见的。秋冬时候,萝卜下来,就该吃萝卜馅的了——过年多半吃的也是萝卜馅。萝卜是地里埋着长的东西,这东西,也有意思。我喜欢萝卜。生萝卜也喜欢吃,熟萝卜也喜欢吃。煨汤炖萝卜,当然也好吃。萝卜这个东西,就是菜里的弥勒佛,不仅自个儿鲜,还吃味儿,能容。

打小就见着家里人做萝卜馅饺子,都是把萝卜用萝卜礤擦成丝儿,再搁开水里焯,焯得差不多了就捞出来,再将萝卜丝用白布或者毛巾包好,放在案板上拧干——我经常放在搓衣板上拧,因为搓衣板的棱角可以把水分最大程度地硌出来。

肉呢,一定要买前腿肉。因前腿嫩。后腿瘦肉多,但是太有劲儿了也不好。猪走路可不是后腿用劲儿大嘛！即便没有前腿，那也尽量别用后腿，就用五花肉。五花肉有肥有瘦的，也好。肉要自己剁最好，一定要亲手剁。剁的时候别剁得太碎，别剁成泥。要剁成小小的肉丁，这样口感最好。

调馅的环节也特别要命。千万不能直接把肉和菜调到一起。要分开调。肉呢，是生抽、老抽，生抽调鲜味，老抽调颜色。葱，姜，十三香，盐……调好之后，把肉腌半个小时，才能拌进菜里。肉菜的比例，城市里要精细些的吃法，是一比二、一比三。我家里吃的都是一比四。肉嘛，就是那么轻轻点一下，能让菜里进去肉味儿就可以了。要记住，肉是给菜锦上添花的。许多人都弄反了，把肉当成了锦，把菜都当成了花，结果是菜少肉多。香是香，香得太腻。肉多了才香算什么本事？还是腻香，也不健康。菜多肉少的香就不一样，是清香，健康的香。

馅和面的关系呢，也很微妙。面本来就大有讲究，包饺子的面，当然也不例外。多少水配多少面，都有章程。先是和面。和好面以后，就是醒面。醒，就是那个睡醒的醒，我知道有人用那个食字旁的饧，我觉得那不对。就应该是睡醒的醒。醒好的面不能太硬，太硬煮出来的皮儿也硬。饺子皮儿要软，煮出来的饺子也是软的——软面饺子才好吃。河南的面里还是数得着豫北的好，因为有劲儿。有朋友给了我一袋豫北面，若这面是从超市买回来的，你肯定觉得有问题，你会觉得这面肯定放了添加剂。你简直不敢相信，怎么还有这么好的面。那面，你擀面条的时候，简直就擀不开。你擀一下，它就弹回来了。你再擀，它再弹……这面好得呀，每个饺子皮都得多擀五六下。一顿饺子吃下来，力气弱的人，肯定手腕都得疼。

——美味的饺子，是我日常生活里特别重要的内容。都说"过年要吃饺子"，对我而言，吃饺子本身就意味着过年呢。

丸子我也爱，却是喜欢吃素的。为什么呢？好像有些无厘头似的。想了想，其实也有因可循。油炸的东西本来就足够浓香，若是肉丸子的话，油香加肉香，香得就有些腻。素丸子呢，是油的浓香加蔬菜的淡香，这香得就恰恰好。还有，肉丸子不宜凉吃，素丸子却不受这个拘束。每次外甥女豆豆回老家时，姐姐便会炸些素丸子，托她给我带回来。等到我吃到嘴里，那丸子自然也都凉了。凉了也好吃，因为是新鲜的凉。

我家过年的素丸子一般也是萝卜馅——红萝卜。萝卜是要红萝卜，要水灵灵的，硬铮铮的。把红萝卜擦成丝儿，也码在一边儿。姜末剁好，面盛好，打上两个鸡蛋，然后是些许盐，再放菜和十三香粉——最有名的十三香粉来自河南驻马店的王守义。很久以前，十三香都是沿街叫卖的。曾听过一段叫卖说唱，那词儿实在是有趣："小小的纸啊四四方方，东汉蔡伦造纸张，南京用它包绸缎，北京用它包文章，此纸落在我的手，张张包的都是十三香。夏天热，冬天凉，冬夏离不了那十三香。亲朋好友来聚会，挽挽袖子啊下厨房，煎炒烹炸味道美，鸡鸭鱼肉那盆盆香，赛过王母蟠桃宴，胜过老君仙丹香，八洞的神仙来拜访，才知道用了我的十三香……"

——扯远了。

最后放水。水绝不能一下子放够，得一点一点放，等到能把面团黏黏地搅成一团时，就算大功告成。这时的萝卜馅料是白里透着隐隐的红，如大雪里的梅花。

让这馅料略放一放，然后，便可以开始炸了。

油要宽。宽，喜欢这个字。这个平朴的形容词，作为厨房的专用语，一下子就生动起来了。一碗面，汤多面少，叫宽汤。炸东西放的油多，就叫宽油。其实宽在这里，也就是多的意思，可是多这个字，却真是比宽少了太多趣味。你听听，宽，这一个字，面积感和体积感就都欢悦地蹦了出来。

要是有机会，你仔细听听厨师们讲的那些行话，真是动人！我曾亲耳听到过，把主料放进作料里浸渍，他们叫"麻一下"。把未发和发好的原料通过不同的方法存管起来延时保鲜，他们叫"养住"。把韭菜码齐，再掐掉黄梢尖儿，通常都叫"择韭菜"的，他们却说"把韭菜梳一梳"。似乎韭菜在他们的眼里不是韭菜，而是一个碧发葱盈的小女孩，因为调皮，这小女孩把头发弄乱了，需要怀着爱怜和疼惜，好好地给她打理一下。还有什么"羊不姜，牛不韭""猪肝下锅十八铲""春鸡腊鸭闹腰子"……每一句这样的字词里，都含英咀华，意味着高度浓缩的经典经验。

宽油渐渐地热了，便有淡淡的油烟渐渐升腾起来。我是喜欢看这些微妙变化的，太有意思了。曾听厨师们讲，做佛跳墙的时候要加隔水炖的黄酒，炖黄酒的时候要看酒面，每一秒钟酒面都有变化，如何随着温度冒出淡淡的透明的白烟儿，如何开始起小泡了，如何开始起大泡，哪个瞬间才是最好的状态，能让它所有的香味和营养最大程度地发挥了出来，这都是有讲究的。做拔丝菜呢，要观察糖面的变化。这有两条标准：一是去烟务净。要熬到糖面儿不能有油烟。二是滴水成珠。糖汁儿滴到凉水里，一颗颗要滚成珠子。用这样的糖汁儿做底料，热冷相激，必拔好丝。

等到油温适中，便开始往油锅里下丸子。奶奶炸丸子都是亲自下手，把丸子一个一个从虎口那里挤出来，挤成圆圆的一个小球，炸出来的丸子便都圆润玲珑，极其可爱。如果是姐姐炸，她就用汤匙，挖一下，再挖一下。丸子的形状便扁扁的，不那么像样了。

一般是先下几个尝尝盐味儿。虽然生馅也可以尝盐味儿，但到底不准。还是经过高温历练的成品尝起来更让舌头信任。盐味儿合适了，就开始大批量地炸。油是好油，所以上色慢。炸了这么久，还是白的。直到焦脆，也还只是微微泛黄。其实素丸子炸到这个份儿上已经差不多熟了，也定了型，要吃也是可以的，就是颜色欠一些。等到下顿吃的时候，再过一遍油。这叫"炸二遍"，那时候炸出来的丸子，一来出锅快，二来上色快，上出来的色又正好，吃着还香热，跟第一遍炸的一样。

我们总是边炸边吃。现炸的素丸子真是好吃，简直是我们这等平凡之家的极品美食——萝卜丝的甜香和热油的浓香、面粉的醇香交织在了一起，既条理分明，又层次丰满，仿佛是一曲少女和少年的小小合唱。舞台就是小小的舌尖啊。

盘妥了饺子馅,也吃够了素丸子,再然后,神圣的二十八到了,这一天是男女老少齐上阵。"二十八,蒸枣花。"要蒸每人两个的人口馍,谓之"大馍"。要蒸供神的枣花馍,还要蒸豆馍和包子。蒸完了这些还要放上油锅炸丸子,煎油豆腐。从早到晚,紧紧张张。我的任务经常就是烧地锅。——这么大的厨房工程量是必须得烧地锅才能在一天之内完成的。我喜欢这项工作,我喜欢看炉膛里的火苗蹿来蹿去,变幻无穷,又暖和又有趣。但这一天挨训往往也是最多。因为多嘴多舌。

"奶奶,还有几锅?"

"死丫头!"

"奶奶,火撤不撤?"

"死丫头!"

——蒸馒头是不准乱问乱说的。我至今也不明白,这是哪朝哪代的老祖宗传下来的规矩。

"二十九,去打酒。"打完了酒,万事俱备,等待新年的高潮来临。于是,大年三十来了。上午是供祖宗牌位、贴春联,下午是男人们上坟请祖宗们回家过年。大年夜,吃饺子。我最关注的是能否吃到钱。倒不是预测自己是否有福气,而是想着把那钱据为己有。钱不多,不过五分。可多少是个钱啊。我在乎着呢。

大年初一早上穿了新衣,就去本家老人那里拜年,当然最现实的目的还是压岁钱。父亲母亲和奶奶给的压岁钱都是走过场，摸一摸就被母亲回收走了。想要有私房钱，还得去外面奋斗。但十七骗不了十八，总归还是会被母亲没收充公。她不这么做也不行，别人给了我们，她总得有什么给别人。在那个清贫的年代，几乎家家如此。小孩子的压岁钱到大人那里，都是一场场微妙的平衡和算计。记得有一次，别家两个小孩子来拜年，母亲给他们一人一元。我们五个去那家拜年，得到的是一人五角。如此，我们挣了五角。二哥傻傻地对那家女人说："还是把这五角给你吧。要不然你就亏了。"

走完亲戚，很快就到了正月十五、十六。这是小年，因是最后的狂欢，所以简直是比大年更有年气。有的村子扭秧歌，有的村子演旱船，有的村子唱大戏，总之是每个村庄都有声音在跳舞。我和一帮小女孩子这村走到那村，那村走到这村，三五里之内来回逛，不觉得累。回家也不会被骂。毕竟是过年，如此盛大的节日，通常总应该成为被大人宽容和宠待的理由。这两天还会"点旺火"，其主旨大约是消灾避祸祈瑞纳福，同时就着熊熊的火光放花炮。等到十六那天的火焰渐渐在家门口冷却下去，我的意趣便也开始阑珊。知道明天要上学了，这年，算是过了。新的流程，开始了。

就是在这样的新年里，我一天天地长大着，终于离乡村越来越远，也离这乡村的年越来越远。有一年春节大年初六那天，我悄悄回到了老家，想重温一下旧时的记忆，却终还是满怀萧索地离开。一时间，我居然十分恍惚。我不知道，是记忆欺骗了我，还是我欺骗了记忆。

胭脂河水长

早春二月,来到了河北阜平。出了高铁站,便一路向山中行去。此时山外已能感觉到隐隐春暖,山里的冬意却还正浓。迎面而来的山峦如骨架般赤裸着,尽显雄浑苍劲之气。不经意间还会看到大片小片的白,无疑是雪的印迹,把周边的山体映衬得越发沉着。进入视野的景象,每一帧都如画。

我爱看雪山。素日里想要看雪山,就只有到新疆、西藏、云南这些高海拔的地方去。不过,若是在这时节,平原的山上还存着雪,也算是能应上雪山的名头吧。至于为什么爱看雪山,我也琢磨过。终于想清楚且被强烈震撼的那次,是在喀什飞往乌鲁木齐的飞机上。座位挨着窗,便一直在赏景。忽觉前方的白云有些异样起来。好像白得不那么亮,有些阴,有些沉。而且,还不飘,不移,不动,很笃定,很密实。心里诧异起来,便目不转睛地盯着那一线白云,近了,近了,又近了,终于看了个清楚:是一条整整齐齐的雪线。

原来不是白云,而是雪山。而此时再去看大地,才更明白了雪山的高,才更明白了这一个阶梯一个阶梯铺垫到雪山的高是怎样一种奇迹:大地上繁衍生息,炊烟四起。人烟之外,有广漠的田野或者荒原。然后,是缓缓上升的坡,逐渐站立起来的山，再然后，一层层，山越来越深高起来，才有了雪山：低雪山，微高雪山，中高雪山，高雪山……此时也突然悟出：雪山多么不容易。在这人间，能始终保持住一片洁白，有多么不容易。

无比敬畏，无比臣服。还因此写了篇小文来畅快地抒情了一把："……亲爱的雪山啊。骄傲的、安静的、纯美的雪山啊，请原谅我所有的黑暗、丑陋和污浊，请原谅我一切的不好和不妥，请原谅我。我向往如你一样骄傲的安静的纯美的人生，但是，一时间，我还做不到。或许，我一辈子都做不到，但是，我知道你在这里。我知道。你，在人间，始终都在。我知道。你离我不远，我知道。我会一直一直靠近你，我知道。"

这里的雪山自然是拟人的。在生活中确实也偶尔能碰到如雪山一样的人，亦如奇迹。而在阜平的日子里则让我确认，邓小岚就是这样的人。

在阜平，几乎遇见的每个人，都会说起邓小岚，故事的脉络大体一致：马兰村是《晋察冀日报》报社所在地——《晋察冀日报》是《人民日报》的前身，邓拓时任报社社长兼总编，他就是邓小岚的父亲——邓拓写《燕山夜话》时用的笔名"马南邨"正是马兰村的谐音。1943年冬，邓小岚出生于阜平县易家庄村，后转到马兰村。因为战时迁移不定，邓拓夫妇便将邓小岚寄养在距马兰村最近的麻棚村村长陈守元夫妇家整整三年，一直到抗战胜利她才回到父母身边。

这几年的时光对于一个孩子的影响，或许要用漫长的一生呈现。多年以后，母亲丁一岚送给邓小岚一枚图章，刻着四个字：马兰后人——后人，这是血脉之源的至亲认证。而在邓小岚心里，马兰村一定就意味着故乡。即便跟着父母生活在北京，她也会不时回村看看。让她重又在马兰村扎下根的时间节点是 2003 年清明节，她照例回村为烈士扫墓，马兰小学的孩子们也参加了纪念仪式。活动结束后，她提议让这些孩子唱首歌，孩子们都说不会。孩子们羞涩可爱的笑脸刺痛了邓小岚的心。此时的马兰村，温饱虽已解决，却仍显清贫困顿。孩子们虽也有学上，但艺术教育还是奢侈的词。她后来接受媒体采访时说："没有歌声的童年是苍白的。"不久，退休的她给自己找到了一份特别的新工作：创建了马兰花儿童合唱团，给孩子们开展音乐教学。这之后的事就更为众所周知：她为村里翻新学校、置办乐器，还有修路种树、改建水冲式厕所……一年里有半年时间，她都待在村里给孩子们上音乐课。乘着音乐的翅膀，孩子们翱翔到了大山外的世界。2008 年 10 月，邓小岚带着他们在北京中山公园举办了小型音乐会。2010 年 8 月，他们又受邀到北京参加全国优秀特长生选拔赛开幕式演出。在历练中，马兰花儿童合唱团羽翼渐丰，声名日盛，终于在 2022 年 2 月北京冬奥会的开幕式上抵达了举世瞩目的高光时刻：孩子们用希腊语唱响了《奥林匹克颂》。

彼时谁也没有预料到，一个多月后的 3 月 21 日，他们亲爱的邓老师因突发脑血栓医治无效在北京天坛医院平静离世，享年 79 岁。

她离开了这个世界。可她显然又从未离开。不在的，只是她的肉身。她当然还活着。在人们有声的讲述中，她一次次地被复活着。在事物沉默的讲述中，她也一次次地被复活着。

在赫赫有名的马兰小学音乐教室，我看见了一个小小的表演台，台阶立面的装饰是黑白琴键。墙角铺着一张寻常的木床，床上放着手风琴，还有小提琴——小提琴是邓小岚最喜欢的乐器。校长说，邓老师累了就会躺在这张床上歇会儿。教室里还贴着冬奥组委给孩子们拍的海报照，都是单人单张，很用心。正是八九岁、十来岁的年纪，孩子们一多半正在换牙，笑起来牙龈上都有着可爱的豁口。他们的明亮笑容和"一起向未来"的宣传语叠排在一起，相映生辉。

站在校门口转头向右前方望，铁贯山仿佛近在咫尺。突然想起在阜平八一学校，刘凯校长让我听马兰花合唱团的孩子们唱歌，唱的是无伴奏的《马兰童谣》——

> 胭脂河水长
> 从那天上来
> 要问去何方
> 宁静的村庄
>
> 宁静的村庄
> 沐浴着阳光
> 唱起这歌谣

铁贯山笑了

马兰，早安
天空，蔚蓝
阳光，洒着
泉水，欢唱
…………

孩子们的身体晃动着，如春天小小的树。

马兰村也成了邓小岚最终的安息之地，这简直是必然的。她被安葬于《晋察冀日报》在抗日战争中牺牲的七位先烈身旁，据说是一个静谧秀美的山谷。我在资料图片上看见了她的墓碑，碑上有一把小提琴。清明时节，村民们和孩子们会去给她上坟，素日路过的时候，也会摘些时令花草放在墓前。有时候孩子们实在想念她了，还会爬到山上朝着天空和远方高喊一声：邓老师，我们想你了！

这样的人，这样的灵魂，谁会不想念呢？

在马兰村里漫步时，看到了很多新，也看到了很多旧。路是新的，主干道名字却叫"报社路"，这是用新路镌刻旧事。民居是新的，石碌石碾子却是旧的。还有些老房子一看就是作为样本精心保留的。村中最高的房子是邓小岚建的，人们都称它"音乐城堡"。就在半山坡上，远远瞧着，越发显得高。房子最高的那间起着尖尖的顶，色调湛蓝湛蓝的，像是一块永远晴朗的天。

"音乐城堡"旁边还依着条小溪，溪水会流到胭脂河里去吗？转头再去看铁贯山，山上隐隐可见点点洁白，是雪。待到雪融后，雪水又会流到哪里去呢？应该也会流到胭脂河里吧？胭脂河水会因此而绵绵无尽。我仿佛听见了胭脂河水的波声如琴，在山间温柔回荡。所谓的山高水长，应该就是这样的吧。

紫阳老街的老

总觉得,临海这地方,是特别适合春天来的。缘故嘛,就是因为朱自清先生的《春》。按说此文也不是在这里写的,却因为这里有着先生的鲜明履痕,且地方上也正举办首届朱自清文学周——我便是以此之名应邀又来临海——就觉得《春》写的仿佛就是临海的春似的,代入感很强。其实先生在此留下的是另一名篇《匆匆》。"聪明的,你告诉我,我们的日子为什么一去不复返呢?"这句子镌刻在记忆里,年年岁岁过去,却越发清晰起来。这就是经典的魅力吧。

可没有聪明人告诉我这等愚人答案,那就只管享用眼前的时光。或许,恰因为一去不复返,也才更要好好享用。我这么想。

"来过临海吗?"

"来过。"

"去过紫阳老街吗?"

"没有。"

"哎呀,怎么能不去紫阳老街呢?"

遇到临海人,总要这么问答一番,也总要听他们如此这般惊叹和嗔怪一番,然后便是谆谆叮嘱:"要去的呀。"

恰好行程里有，那必须得去。

名为紫阳老街，细究起来才知道这个名字却还年轻。资料介绍说，1994年初临海被批准为国家历史文化名城时这条街还叫解放街，获此殊荣后，有识之士将此街的历史做了专题调研，提出了改街名的建议，经过几年的论证后被政府采纳，于1998年改定为紫阳老街。核心依据是为纪念南宗道教始祖张伯端，张伯端因号紫阳，被后人尊称为紫阳真人。修仙悟道我自不通，却不知何时记住了他的一句诗："人人尽有长生药，自是愚迷枉摆抛。"还有他神游摘琼花的趣事。传说他修炼之功日深，抵达了入定后元神离身瞬间行百里的境地。有一次与一高僧约聚，说扬州琼花观里琼花正好，不如同去赏花吧。然后两人便在一清净处瞑目坐定，元神出游到了扬州，赏花时张伯端提议说各折一花为记。等到二人回了神，他手里果然有一枝琼花，那高僧却两手空空。这事解析起来肯定大有说辞，在我却只能想象出其中的浪漫飞扬，这也就够啦。

来到实地，便明白这老街果然是当得起这"老"字的。自进了街，便处处可见这"老"。比如刚入街口，前面便有个老太太挑着箩筐，筐里尽是绿茵茵的青菜、圆滚滚的竹笋和细嫩的小香葱，惹得我真想买一些立马拿到灶上烧。当然这很不现实，可起码也要跟她搭上一两句话啊。她却脚步迅疾，似乎要赶着去哪里送菜似的，我便抓拍了一张她急匆匆的背影：白头发，黑布鞋，灰蓝格子马甲，红袖套。很好看，是不同于普遍意义的好看。我现在已经越来越能发现这种好看，被生活浸泡的、百味杂陈的好看。

然后便是一溜两行的店面招牌，常见带"老"字的：老宁波油赞子，管老太臭豆腐，"江南老戴家"的是非遗养生膏方（"因为一杯梨膏，让春天有了念想"，这文艺腔的小词句真不错），胡记蛋清羊尾，青草糊，洋菜膏，乌饭麻糍，糯米油条，现炸泡虾……这些吃食名字对我们这些外地人虽都新鲜，却毫无疑问都是本地人熟稔的老吃食。不时可见身着古装衣袂飘飘的女孩子，后来见一标牌：穿古装进某些店面消费可享九折优惠。嗯，这优惠够风雅。

还路过了十伞巷。明代名臣王宗沐家族的府邸在此，"父子四进士，一门三巡抚"，且政声颇好，相传受各地百姓赠"万民伞"十把，十伞巷因此得名。时间有限，不好拐进去细逛，只能留个念想。走着走着，就知道前面是海苔饼的店。未见其店，先闻其香。这香馥郁浓烈，声势浩大。好几家挨着，都是"现做现卖，货真价实"，都是"六十年专制配方"，六十年，也是够老的。眼瞧着几家店都是好的，由不得让人选择困难。不过此类情况也有经验：就选排队最长的一家，准没错。若非怕落了后面的行程，我一定会兴致勃勃地排着。

在千佛井前我流连了许久，因被本地朋友指点着欣赏著名的景致"三塔同晖"。塔是不远处的千佛塔和巾山上的大小文峰塔。之所以在巾山上建双塔，是为了镇"火神"，只是双塔建成后"火神"却还很活跃，为了进一步镇住"火神"使其消停，就又建了千佛井，以水克火。千佛塔我刚刚转过，果然有千佛,且都是凸刻的。转塔的规矩是顺转三圈,默默祈福。这样古老的塔,如同至亲至爱的老辈儿人,总能成为我特别踏实的倚仗和安慰。转塔的时候,心里也很是安宁洁净,如这千佛井的井水一般。——探头往井里看,隐隐可见佛像,却是凹进去的,听介绍,原来井壁用的是阴纹佛像砖。这便是阴阳相谐,典型的中国式哲学。

"永利木杆秤"也是一家有意思的店。秤自是老物事,在摆脱了实用后,本以为已是无用,如今竟成了工艺品,是省级非物质文化遗产的代表性项目。秤制得都不大,十分玲珑精巧。除了审美价值,秤还被赋予了情绪价值,那就是"秤"心如意,这个谐音梗谁能不爱?再加上公平公正的道义外延,几层内涵叠加,"秤文化"的分量便码得足足的,秤也因此自然上升为高级的大用。命运的玄妙,还真是轻易解不透啊。

上午的最后一站是清宁古雅的余丰里书店,一行人在书中落座,喝茶聊天,金岳清和陈引奭这些本地朋友则跑前跑后地细致照顾着。这些临海人也都别具个性。金岳清,我第一次来临海时就得着了他赠的墨宝,据说很贵的。陈引奭呢,我则得到了他赠的印章,那枚印章我签书时用了许多回。奭,音是,我是因他才认得这个字的。他们待人接物的风格,一望而知是底子里的仁厚热诚,都还挺老派的。对了,还有老实。比如我此行的联络员晓飞,一个很呆萌的女孩,自从接到我就开始猛塞各样吃食,生怕我饿着。早上七点半就跑到酒店敲我的门,待我惺着脸开门,听到的第一句话就是:"老师,该吃饭了。"推拒根本无用,只有服从。我回京的第三天就收到了她快递来的一大箱子海苔饼。我发微信感谢,她说:"老师,吃吃看,好不好吃。"我连忙秒回:"好吃!"

河流与树

"项籍者，下相人也，字羽。初起时，年二十四。"这是《史记》之《项羽本纪》的首句，虽是牢牢记住了"下相"，可到了宿迁我才知道，原来"下相"就是宿迁的古称。

时值三月，田野里，麦苗返青，正油汪汪地绿着，树叶也似萌了隐约的嫩黄，风却还寒凉。承蒙本地朋友的美意，总要去逛些景点的。先去的是神农时代文化旅游区，说是2021年已经创建成了国家4A级旅游景区。既是请出了神农，便大概其就知道和农业有关。到了地方一看，果然就是一个农业主题公园。这恰是我爱看的，便欣欣然进了园。

原来是一片巨大的温室，以"新时代、新农业、新洋河、新生活"的主题定位分设出了主题鉴赏区、休闲体验区、科研创新区等五个功能区。先从主题鉴赏区走起。"主题鉴赏区涵盖蔬菜、谷实、纤维、花卉、果树、中药、水科技、沙漠等八大主题场馆，以神农氏传说为故事背景，以华夏五千年农耕文明为文化背景，结合现代农业科技，回顾农耕文化、农业文明，集中展示动植物品种1600余种、现代农业高新技术250余种、栽培模式50余种……"解说词很翔实，不过跟眼前活生生鲜灵灵的实景相比，到底还是枯燥的。被各样的花果庄稼牵绊着，不知不觉间我就离了群，索性悠然端详起来。

居然有紫叶酢浆草，平日见的多是绿叶。巨型南瓜288斤，也是着实稀罕。薄荷是墙培的，丛丛如画在白墙上葳蕤，趁着没人注意，我揪下一小片，深吸一口气，美美地闻了闻。那一小片绿植苗苗我得去打个招呼，名为"豆瓣绿"，我家里也有养，这厮很泼皮，单薄的一小株，硬是让我养得堆碧叠翠，占了半个花架子，由此我便确立了自己和它们的缘分。不时就看到了熟稔的高粱、玉米和竹子们，高高低低地显出了错落有致。不分季节的温室就是可以这么任性，让原本毫无可能搭界的这些挤挤挨挨生活在一起，成为亲密的邻居。呀，还有像模像样的稻草人呢，没有鸟飞进来，它们倒是怪寂寞的。

突然间，就看见了一小块麦田，在一级矮矮的台地上。麦子们才长到了脚脖子高，它们的绿色还是用它们自己的颜色来形容吧。不是葱绿，不是柳绿，不是黄瓜绿，反正不是这个绿那个绿，就是独属于它们自己的绿。是有些深沉的绿，也是有些浓暗的绿，总之，这是地壮肥足的绿，是有长劲儿的、吃到了好粮食的、好气色的绿。看着它们的这派好气色，便可以毫无疑问地相信，它们打下的麦子也会成为好粮食。

在这片麦田边站了许久。——年轻的时候，我从不曾想到自己会这么热爱土地，热爱草木庄稼。

旁边立着的牌子上如此介绍："小麦种植面积和产量分别占粮食的26.7%和23%，广布全国，以黄淮海平原和长江流域最多，可分冬小麦和春小麦，以冬小麦为主，其面积和产量均占小麦80%以上……"黄淮海平原，这是怀抱着我河南老家的平原，也是怀抱着宿迁的平原。我本还有些纳罕，虽然是第一次来宿迁，为什么却对此地很是似曾相识，原来答案就在这里。

等到在博物馆里看到古时的宿迁水系分布图时，就有了更笃定的依据：宿迁在古时几条主要的河流，几乎有一半都发源于河南，如睢水、淮水、汴水等。河流是大地的血管，在漫长的历史烟云中，各个地方的人们顺沿着这血管一路辗转迁徙，其间又纵横交织，关联和滋生出千丝万缕，自然就有很多融合杂缠。因此地理意义上虽然可以泾渭分明，在文化意义上可不都是近亲远戚嘛。在这块广袤的平原上，因行政地域划分出来的各个地方其实都是兄弟，语言、饮食、风土人情等元素怎么能不亲呢？

美酒是另一种形式的河流。在宿迁，喝得最多的酒自然是佳酿洋河。席间闲话，谈及最多的人自然是英雄项羽。以我的体会，史上诸多名人，只有到了他的老家，以往听闻的那些轶事才能接上有温度的地气，以往所知的那个轮廓也才有了可触摸的细节。项羽亦如此。他的故事可真多，简直是无处不在，无人不讲。把《项羽本纪》里的字句化开，再融进宿迁的版本，很容易就是一部漫长的连续剧。听着听着，不由得有些难言的感慨。以我对人性的了解和想象，他身上似乎有着太多软肋和破绽：不杀敌父，不舍虞姬，不忍过江东……所谓"慈不掌兵"，以这些事例来印证，他好像还留着太多的慈。也许他不是没有翻身的机会，但因对自身道德还秉持着某些基本要求，这始终让他越不过去，便使得他前行时总是踟蹰犹豫，终至无路可走。

他有着太多的不合时宜。以世俗的成功学标准来衡量，他无疑是个失败者。可隔着两千多年的岁月想起他，我却觉得，与英雄、帝王、霸业、成功等这些强光标签相比，这个失败者竟有些可亲。因这失败，他更像一个人，更是一个人。

在项王手植槐前，我们一行人默默围立。这树的树龄已有两千两百三十多年，相传是项羽十六岁那年离开家乡时亲手所栽，地表所见的仅是枝叶，主干部分被黄河淤积的泥沙埋着——站在这树旁，你能想象它的根吗？这活了两千多年的树，真是了不起的树，伟大的树。资料里说，《江苏古树名木》一书中，将这棵树认定为江苏省十大古木第一名。嗯，这是必须的。哪棵树能不服气呢，敢不服气呢？

还没有绿叶，树枝上却挂满了红。见过太多这样的情形，我可以推测出都是些什么内容：金榜题名，学业有成，身体健康，还有直接的"暴富"，可爱的"新的一年不被老师抽背诵"……古老的树，意味着历史、岁月，意味着历尽沧桑而获得的某种神奇能量。人们因此而产生的依附和信任，多么顺理成章。

时间也是一条河流。在这条河流里，我是多么爱这样的树啊。

这一脉漳河水

这样的前辈

"田中禾先生创作六十年暨《同石斋札记》研讨会",这个会应该是我2019年所参加的几十个会中最特别的会之一。这是一个时间浓度、情感浓度和文学浓度都极高的盛会。会上照例该发言的。到会的评论家很多,都从不同的角度发表了高见。我不是评论家,没有什么观点。我觉得自己最合适的事,就是谈一谈田中禾老师这个人。

我和田中禾老师认识,大概是1996年——算起来也有20多年了,那时候我还很年轻,在修武县工作,写了一些散文,已经出了书。作为省作代会的特邀代表,第一次参加省里的文学会议。后来我才知道,这是因为田中禾老师关注到了我,特邀我参加的。在这个会上,我认识了田中禾老师,好像还一起跳了舞。当时我就十分惊讶,想着这老先生真帅,跳舞跳得真好。

更让我惊讶的是他对我的叮嘱。他说:"你是有才华的,要少写散文。好钢要用在刀刃上,最好开始写小说。你写这些散文会把你的才华零敲碎打地给卖了,挺可惜的。"我那时候根本没打算开始写小说,很懵懂地记着他的话,很懵懂地回了家。但是他这个话在我心里种下了一颗种子。1997年的时候，我趁着一个空，写了短篇小说处女作《一个下午的延伸》，自由投稿给了《十月》，发表在1998年第1期的《十月》上。

然后就是2000年，我的散文集获得了省作协主办的河南省文学奖。这个奖就是杜甫文学奖的前身，是我们省里很重要的奖。获奖让我很意外。我那时以散文为主业，写的量很大，可自身经历单薄，不可能只写自己的故事，绝大部分都是别人的故事被我巧取豪夺过来，通过拣选、变形、再加工，成为自己的文章。所以有虚构的成分，这在当时是有一些争议的。所以能获奖，这个我确实没想到。我很高兴。不过，高兴过后，我就开始不识好歹。接到领奖通知的时候，我在北京不知道忙着什么事，就对作协的人说，我没空，回不去。后来我才知道这样做特别不懂事。可让我感动的是，后来再见田老师，他特别宽容，甚至是很溺爱地对我说："哎呀没事儿，你做得对。你以后的路长着呢，不要在意省里的这种奖。我年轻时候也不在意这个。没什么。"这让我非常亲切和温暖。我心里就想，这文学界的领导怎么那么不像领导呢，一点架子都没有，就像自己家里的长辈一样。在他面前，我们完全可以自由自在，放飞自我啊。

后来我调到了省里，见他的机会也多了起来，有时候打个电话，有时候吃个饭，和他算是熟识了。他一直很关心我。每次见他，他一定会问我的创作情况，问我在写什么，准备写什么。我发表的作品，他也都有密切关注。他呢，也写散文、写小说，笔耕不辍，总有成果。我们邀请他参加研讨会、青创会，他都会参加。作为老作家的代表，他会给后辈们殷殷嘱托、诚恳寄语。什么是言传身教，他这就是了。

这么多年来，每次看到田中禾老师，我都会问自己一个问题：等到将来你也老了，能不能成为他这样？在我心中，老了之后最理想的样子，就是田中禾老师的这个样子：那么明亮，那么慈爱，那么智慧，那么有活力。即使是到了这个年龄，他还在积极思考，还在努力创作，精神那么饱满和充实。从他的近作《同石斋札记》系列里就能看出，他对音乐、美术等诸多艺术门类都有涉猎，都有造诣，好像没有什么是他不懂的，没有什么是他不喜欢的。我觉得这就是一个心理健康的作家的典型状态，就是爱美，爱艺术，爱人，爱生活，爱世界。

《同石斋札记》系列我读得很入迷，因为我对他的小说比较熟悉，相对而言，他的散文我读得少，所以更有兴趣。说一句题外话，2001年，我调到了河南省文学院，自从立志写小说后，做的其中一样准备工作就是阅读本土前辈们的作品，比如李佩甫老师、田中禾老师、张宇老师，我把他们重要的作品通读了一遍。读过之后，大为汗颜。我认识到，我可能要使很大的力，要用很大的劲，才能在某些层面抵达他们的层级和境界。当然，不仅是我，我觉得一大茬儿比我更年轻的作家，跟田老师、李佩甫这样的前辈比，无论是在对生活的认识上，还是在文体的把握上，也都有着这样那样的差距。这些优秀的杰出的前辈，无论是从文还是从人的意义，都是我们的财富、我们的宝藏。

回到《同石斋札记》系列，它之所以让我入迷，是因为它的开阔、丰富和驳杂，去看细部时，又非常严谨精美，经得起推敲，真可谓是"致广大而尽精微"。散文最近真性情，这几本札记就从各个方面展示了田老师的真性情。《落叶溪》我尤为钟爱，醇厚自然，浑然天成。他的小说则是另一种好。《父亲和她们》，有着真切的年代感，还有着最朴素的人和人之间的爱和情谊。《模糊》则深度呈现了人性的复杂，还有家国天下的历史感在人物身上的曲折和镜照，深刻且深沉。

话到这里，我很想来形容一下田中禾老师的魅力。他的魅力可以用很多词来形容，比如洒脱、旷达、纯真、赤诚，用来形容他的魅力都是合适的。让我个人觉得非常突出的还有两点气质：一是清新，清新意味着清爽、清洁、干净、新鲜；二是骄傲，无论是他的人还是他的文，都常常流露出这种骄傲。我特别喜欢这种骄傲的气质。当然，骄傲不仅是一种气质，说到底，这是人对自我尊严的一种要求。我觉得，人不应该傲慢，也不应该骄矜，但是可以骄傲的。这样的人，这样的人生，一定是非常美好的。

致敬田老师，羡慕田老师。由衷希望自己将来有一天，也能修行得像他这样美好。

这一脉漳河水

前些天参加了中国现代文学馆和北京文联联合举办的《阮章竞文存》出版座谈会，很感慨。阮章竞先生是北京作家协会的首任主席，代表作是《漳河水》《赤叶河》，因为筹备座谈会的缘故，这段时间跟阮主席的女儿阮援朝老师一直保持着联系，她提供给我一些珍贵的资料。如刘恒主席2014年的时候在"阮章竞百年诞辰纪念座谈会"上的讲话，特别有意思。他起头就说："我承诺说认认真真写书面发言，又承诺到援朝她家里商量这个事情。援朝可能以为我忘了，但确实没有忘……好像记忆力衰退了。"就是一副家常话的语态，说他对阮章竞先生的感觉用一个词形容，就是陌生。见面一笑，叙话不多。另外对老先生作品也很陌生，却不能说他忽略了对老先生文学成就的尊重，或者他忽略了对一种文学经验的尊重，好像都不是这样。完全是一种本能，沿着惯性在处理这种关系。这跟很多家里儿子跟父亲、晚辈跟前辈那种淡漠的关系非常相似。

刘恒主席还提到，阮章竞先生他们这一代前辈，在他们的青年时代，在社会的大动荡当中，他们选择了革命，选择了红色的信仰，认为这种信仰能够解救中国、解救中国人民。

他们为了这个信仰献出了自己的青春,献出了自己的才华。最关键的是他们坚持到底,一以贯之地坚持革命的信仰。在革命的大浪潮当中,他们也坚持着艺术的追求,这些都是非常令人尊重和敬仰的。

对此我也深有同感。只是和刘恒主席稍有不同的是,我在对阮章竞先生觉得陌生的同时,也有几分亲切。因为我的故乡的缘故。先生的简介里有长长的一段写到太行山,他的诸多作品中都有太行山的气息和背景,山西属地的长治、陵川、武乡、左权,河南属地的安阳、焦作,河北属地的邯郸等,这些地方的山中人事构成了他重要的生活经验和文学积累,尤其是代表作《漳河水》《赤叶河》和长篇小说《山魂》中,太行山的气息更为浓烈,太行山的背景也更为恢宏。我的故乡在焦作修武县,半山川半平原,山就是太行山。我出生在平原村落,年少时到太行山怀抱的焦作市读书,常进山里玩,新世纪以来又有了很著名的云台山风景区,也常去玩。不知不觉中,太行山就成了生命的一部分。先生写到的太行山让我想到少年时学过的一首歌:《在太行山上》,音乐老师当时教我们唱这首歌时热泪盈眶,说她父亲曾经在太行山上战斗过。这首抗战老歌由桂涛声词,冼星海曲。我想,先生那时应该也在山中传唱过。援朝老师还跟我提过,说阮章竞先生在焦作还设计过一座纪念碑,我问了问老家人,回复说是1945年11月时焦作举办"晋豫人民复活纪念大会",决定建一座"太行四分区纪念碑",同时举行了奠基仪式,1946年初纪念碑建成。这座碑后来被改迁,现在叫东方红纪念塔。

先生的文学语言里也有我很熟悉的故乡元素。里面有非常有趣的部分，比如《笔记卷》里有一篇是《民间语言记录》，写于1942年，现在八十年过去，那些民间语言依然在鲜活流淌和使用。还有一部分语言笔记是1948年至1951年记录的，批评一个人懒惰，是"场边不沾地边不踩，他劳动过？"这种语言我从小听到大。其中还有《焦作工作笔记》，我老家在焦作修武，在182页，我还看到了《修武钓台营调查材料》的存目和《关于打修武情况的通信》的存目，虽然都是存目，但也足够让我觉得亲切，且在这一套文存的氛围里，真切地联想到他在八十年前和我故乡的土地有着怎样密切的交集，也能想象到我的故乡在八十年前正有着什么样的风云激荡。之前从不曾预料到，以文学为舟，顺着这一脉漳河水，居然能够让我和前辈跨越岁月和历史的间隔，以这样的方式邂逅。

这些天，阮章竞先生的这十本文存一直放在案头，这十卷文本很厚，不仅是体量的厚，更是内容的厚。这套书的设计很用心，用纸很好，让书看着虽厚重，手感却轻盈。蓝色调我也喜欢，蓝如天空和大海，封面上还有着银杏、枫叶等树叶，每一本封面上的叶子都不一样，我想设计者应该是自有深意。铁凝主席在序里用的诗句是"土厚根深叶繁茂，纵横老干发新蕾"，我想，这些叶子也可以是对这诗句的阐释。

这厚厚的十本书还让我不由得想到一个问题，所谓的传承，到底要传承些什么？怎么传承？传承固然意味着要读作品，除此之外，也意味着其他。比如他的精神和信仰、他对待文学创作的态度、他对人民的情感，他在《我怎样学习写作》这篇文章里提到的,我一读到就觉得很会心。他说:"要学习劳动人民,首先就要使他们觉得你是他们自己人。在做地方工作时,我常常跟群众一块上地,一道走,一道拾粪。"我想,现在群众恐怕也不拾粪了,但和劳动人民做自己人这个态度永远是写作者所需要的。他还说:"要相信群众比你懂,不要小看他们。"还举例《漳河水》中的句子"种谷要种稀溜稠,娶妻要娶个剪发头",他曾念给房东听,房东怎么给他改正。这些记录都是特别动人的教诲,这些也都是需要我们后辈传承的,也值得我们后辈传承。

也就是从这个意义上讲,我想,虽然时间意义上阮章竞主席离我们越来越远,但他其实也从未走远。这是我们今天在这里纪念他的核心意义。纪念是因为不能忘记,不该忘记,也不会忘记。

那 张 桌 子

那两天我忙乱着一些事，没空刷手机。还是被水兵兄在微信里嗔怪了一声："周同宾老师不在了，你也不哀悼一下？！"我这才去翻看朋友圈，一边看着，泪就掉了下来。

周同宾先生是2021年7月1日去世的，此时我已到北京工作有大半年。离开河南后，不知不觉，一些信息就渐渐远离。从此至彼不仅是地理层面，信息空间也紧随着地理空间，手机里的联系人会默默更迭，而后，自然而然地，有些事情就不会知道得那么及时。

水兵兄说："周老师人好文好，我们都敬仰他，有空时你写篇纪念文章，我要编一本周同宾纪念文集。"

当时就应下来。怎么能不写呢？虽然跟同宾老师没见过几次面，也没说过几句话，心里却一直跟他是近的。总觉得他像是我从小生长的村庄里的儒雅温厚的先生。曾经想象过，如果和他在南阳的某个乡下小院吃点儿小菜、喝点儿小酒、说点儿小话，那一定非常惬意。

见面少、说话也少的人，心里不一定远。生活里这样貌似悖论的情况其实也寻常。又比如：人好未见得文好，才华和品德不成绝对正比。文好也未见得人好，有些人就是善于在文本外进行花式表演。同宾老师这样人文皆好的人，还是少的。

记忆里，最早的见面约是 1999 年，那时我还在老家修武县工作，第一次参加省里的散文年会，远远看着他，没有说话。后来我到省文学院当专业作家，他却鲜来郑州，因此也没见过几次。他话不多，再热闹的场合，也常常沉默着。说起话来也总是谦谦的，哪怕是面对很年轻的人。他对我的称呼好像就只是小乔，我也很开心被他这么叫着。

2010 年至 2015 年期间，我在《散文选刊》做兼职副主编，还请他帮过忙。其中一事是《散文选刊》封二有个《作家书画》栏目，某期我们拟用二月河老师的牡丹图，二月河老师也爽快答应了，只是南阳距郑州几百里，我们不好去取，需得托付一个特别值得信任的本地人寄来。主编葛一敏老师首先想到的就是同宾老师，也知道同宾老师跟二月河老师特铁，于是就给同宾老师打了电话，同宾老师二话不说就去二月河老师家里把画取到，快递到了郑州。

那几年我和葛老师还一起张罗了一个华文散文奖，同宾老师的散文《1973 年的一次下乡》获的是 2013 年度的奖。应该是 2014 年的春天吧，他来郑州参加颁奖典礼，是南丁老师颁的奖，众人笑称是"80 后"给"70 后"颁奖。授奖词里有几句可能是我拟的："《1973 年的一次下乡》以精致的叙事、绵密的细节成功地再现了'文革'中后期豫西南乡镇日常生活的本真状态，对处在特定历史时期的乡土中国的矛盾、迷茫、愚昧进行了深入解读，成为一个历史时代的生动写照。"

周同宾发表获奖感言时说:"我从事散文写作已经好多年,得过很多奖,今天这个奖得得格外温馨、舒服。《散文选刊》创办的时候我参与了,万万想不到在30年后,我会在这么一个庄重的舞台上接受颁奖。不必再说套话,我只想利用余生再继续随心所欲地写吧,写我心中的历史,写我心中的事件,写我心中的自己。"

颁奖结束后是《散文选刊》创刊30周年论坛,因为写这篇文章,我请葛老师给我找来了论坛的发言记录,记录里清晰地记载着周老师的讲述,他说30年前参与《散文选刊》初创时,他们都是怀着满腔热情去干这个事,为了找某个文章,能在资料室钻一天,尘土满面,一直到傍晚才找到。选稿也很严格。一位很有名望的散文大家主动给杂志社投稿,"一看比较一般化,后来给他写信寄回去。隔了不久又寄来三篇,看到都很一般化……最后还是不要"。他说自己那时才40多岁,现在已经年过古稀,不得不感慨时间都哪儿去了。然后热情地为《散文选刊》做起了广告,说:"时间就在这30年间将近360多本的散文当中。现在人们要想了解中国30年的散文发展历程,《散文选刊》是绕不过的宝贵资料。每一期薄薄的《散文选刊》积累起来、叠加起来,已经成了中国当代散文的丰碑,《散文选刊》没有理由不继续办下去,没有理由不继续办得更好。作为一个读者和作者,我有这样的期望。"

葛老师在邮件里还说,周同宾老师去世后,《散文选刊》

以最快速度为周老师做了一期"纪念特辑"。编辑部的同人们"说到他对散文的贡献，说到和同宾老师的交集，说到我们刊物选发的同宾老师的散文，说到《散文选刊》初创时，同宾老师从南阳到杂志社筹备帮忙，那时省文联特别想调他，他还是坚持回到了南阳。同宾老师在我们杂志社工作时用过一张老式五斗桌，一位编辑偏爱那张传统实木桌子，杂志社整体搬迁后统一办公桌，那张老式五斗桌遗憾地留在了老办公室"。写到这里，葛老师又另起一段，郑重且珍爱地对我说："说的那个编辑是我呢。那张传统实木桌子，是我到刊物后又分给我用，2002年夏天，杂志社整体搬迁，因统一办公用具，老式桌子被留在了老地方，为此，我遗憾了一段时间。"

一瞬间，我仿佛看到了同宾老师的那张桌子，那张传统的、老式的，实木桌子。这张桌子就放在他的皇天下和后土上。同宾老师就那样沉静淡然地坐在桌子后面，朴素智慧地写下了隽永的文字。坐在桌子后面的他，底气十足。他留下的文字也和白河一样，长流不息。

谨以此小文致敬并纪念周同宾先生。

遥望柳青

一

"他头上顶着一条麻袋,背上披着一条麻袋,抱着被窝卷儿,高兴得满脸笑容,走进一家小饭铺里。他要了五分钱的一碗汤面,喝了两碗面汤,吃了他妈给他烙的馍。他打着饱嗝,取开棉袄口袋上的锁针用嘴唇夹住,掏出一个红布小包来。他在饭桌上很仔细地打开红布小包,又打开他妹子秀兰写过大字的一层纸,才取出那些七拼八凑起来的,用指头捅鸡屁股、锥鞋底子挣来的人民币来,拣出最破的一张五分票,付了汤面钱。这五分票再装下去,就要烂在他手里了……"

想到柳青,我脑子里首先想到的就是曾经的中学课文《梁生宝买稻种》。多年之后,在《创业史》里读到这些乡味浓郁的细节,依然喜欢。相比而言,主旋律意识很明确的下一段文字似乎就有些突兀:"尽管饭铺的堂倌和管账先生一直嘲笑地盯他,他毫不局促地用不花钱的面汤,把风干的馍送进肚里去了。他更不因为人家笑他庄稼人带钱的方式,显得匆忙。相反,他在脑子里时刻警惕自己:出了门要拿稳,甭慌,免得差错和丢失东西。办不好事情，会失党的威信哩。"

但是，莫名其妙地，又觉得很和谐。为什么呢？细细品来，便明白了：这两段文字的底色一致，都是一种质朴淳厚的热爱。无论是对于村邻至亲，还是对于政治身份。

5月初，我去了一趟陕北榆林的吴堡。这是柳青的故乡。一路上听了许多柳青的故事，百感交集。一晃已经是两个月过去，前两天收到了吴堡县委宣传部寄来的《百年柳青——纪念柳青诞辰100周年文集》，把这本书和柳青长女刘可风所著的《柳青传》以及上下两册的《柳青纪念文集》放在一起，它们和柳青的《创业史》占了这层书架的一半。

一直以为柳青很土，这趟吴堡之行让我知道，他固然是很土的，但他绝不是只有土。《百年柳青——纪念柳青诞辰100周年文集》的前10页是柳青先生的影像小辑。其中一张是少年柳青。1930年，14岁的他考上了绥德第四师范学校。这是张集体照，他在前排左一。围巾松松地搭在肩上，很文艺的样子。发型正似现在流行的莫西干头，中间厚两鬓薄。嘴巴紧绷，眼神倔强。

后来，绥师因"赤色"浓烈被封。半年后，他又去上榆林六中。榆中的课程里有英文。他很快便能读英文原著，成了英文学习会主席。许多英文名著，他背得滚瓜烂熟，几十年后提起来还记忆犹新。

1937年，他21岁，已经担任《西北文化日报》副刊编辑，同年开始学习俄文。1945年，他在米脂县吕家硷村工作的时候，听说绥德县一个人有英文版的《安娜·卡列尼娜》，他去借书,头天清晨出发,第二天天亮赶回,走了一百六十里。

所以贾平凹说,柳青骨子里是很现代的,他会外语,他阅读量大,他身在农村,国家的事、文坛的事都清清楚楚。从《创业史》看,其结构、叙述方式、语言,受西方文学影响很大。

他中年的那张照片应该是他流通最广的标志性照片,照片上的他穿着对襟褂子,戴着圆圆的眼镜,很像一个乡绅——就我个人的审美,我觉得他更像一个村会计。还有一张照片,看不清他穿的什么衣服,仍然是圆圆的眼镜,头上多了一顶黑毡帽,这使得他有一种接近乡村老人的慈祥。

这时候的他,已经在长安县(现长安区)的皇甫村住了多年。

二

1953年4月,柳青辞去长安县委副书记的职务,落户皇甫村,先是住在常宁宫。1955年5月,柳青又搬到了中宫寺,在这里住到了1967年初。这两座土庙构建了著名的柳青下乡14年。这两个地方都不在皇甫村里,常宁宫离村四里多远,中宫寺也和村民们的居所有一段距离。据刘可风回忆,他家的葡萄熟了,他会让妻子马葳用筐提着,一户一户送到农家。

近两年来,"深入生活、扎根人民"成为文艺界如火如荼进行的主题实践活动,仿佛这是一项重新恢复的悠久传统,尤其以柳青为例。但是,谁能想得到呢?他当时的长居乡村,在业内绝对是个异数。1955年、1956年应当是他创作上最艰难的时期，很久没拿出作品，众人议论纷纷。妻子也觉得委屈，想要回到城里。两人为此冲突激烈。省里主要领导找他谈话，说写不出来就不要写了，回到西安"当官"，处理省作协的日常行政事务。全国作协的一次会议上，一个领导批评了他在皇甫村定居和大规模的写作计划，断定他将失败。内外交困中，他说："我准备失败！如果都能成功，都不失败，怎么可能？我失败的教训，就是我给后来者的贡献。"

1958年，他终于写顺了。为了这个顺，他的状态有时几近走火入魔。他经常以游手好闲状混在人群里去赶集，目的只是听农民们说闲话。他也经常去农民家家访，被人称作神经病。梁生宝的原型王家斌是他密切接触的对象，王家斌的父亲一见他来就骂："你个丧门星，把我娃勾引得成天跑……"他还经常演自己书中的人物，人们曾经看到他一个人在屋里，手中端个东西，两只脚跷着走，嘴唇动弹着，很生气的样子。还有一次，院子里的鸡刚下了蛋，叫唤得厉害，扰了他的思绪。他回到卧室，拿起鸟枪，把这只鸡枪毙了。

——他很清楚自己是干什么来的。他从没有忘记自己是个作家。他不止一次地对别人举过这样的例子："我听说有一个省里有一位青年作家，从1958年起就在一个生产队里当社员。三年之后，他是五好社员，但却不仅写不出好作品来，甚至于写不出可以发表的作品来……这位同志把自己对象化了，却没有按照工作的要求保持住自己的独特性……"（《柳青文集》，陕西人民出版社，1991年）

有一张照片，是他和农民们在一起的情形，题为《柳青与皇甫村人民在一起》。他和这些人民是什么关系？毫无疑问，他爱他们。可在他们中间时，他也清醒地知道着自己。我想，他不住在村里应该就是基于这种意识。《柳青传》里记载，他也很警惕和村民们之间的金钱来往。最开始常常有人找他借钱，借了这个，那个也来了。借了这个30（元），借了那个40（元），拿30（元）的人会认为自己更困难，为什么才有30（元）？他接受了教训，对再来借钱的人说："你们有困难找组织，我能给大家办事也通过组织。这是组织的关怀，不是我个人的关怀。"

他没有食言。面对集体，他从不吝啬。《创业史》第一部出版后，稿费16 000元，他全部捐给了中共王曲人民公社委员会。他说："农民把收获的粮食交给国家，我也应该把自己的劳动所得交给国家。"——"交给国家"，柳青的语境里，这庄严端肃的四个字，如今因电影《盗墓笔记》的缘故，已经成为一个流行哏。

刘可风说："事实证明，这是他能够长期居住在皇甫村，不因经济问题的纠缠影响写作的'重要决策'。"而眼明心亮的乡亲们早已在14年的光阴里深谙柳青的赤诚，所以他泾渭分明的原则一点儿也没有妨碍他们也爱他。"文革"开始后，造反派拉着柳青回到皇甫村游街，乡亲们走过来问："柳书记，回来了？""柳书记身体好着不？"没有一个人跟着喊口号，只在背后悄悄议论："把柳书记打倒了，对党的损失太大。"柳青回到西安进"牛棚"后，哮喘病严重，村里人听说狼油可以治哮喘，专意打了狼，把油送来。所有人走的时候都说："回咱皇甫来，都喜愿你回来。"虽然中宫寺已经片瓦不存，但是村民们说："不要紧，咱再给你盖几间。"

在吴堡的柳青图书馆里，循环播放着一段录像，情节是柳青在稻田里，跟着农民学习插稻。这半个世纪前拍的纪录片，主题就是展示柳青如何"深入生活"。柳青去世前几个月时还说："我仔细回忆了我的一生，除了拍电影拍了我劳动的镜头外，我一生都是实事求是的……我说我不劳动嘛，让人说我骗人呢。他们又让组织反复动员。我坚持几次，最后还是没有扛住。"

他对此后悔不迭，觉得这是自己的道德瑕疵。与之遥相呼应的，是他之前对骡子问题的反思。陕北无车，组织曾给他分配过一匹马当交通工具，他征得组织同意后，添补了自己的稿费，以这匹马换了一匹骡子。他曾这样检讨过自己："……我那种做法是很不朴素的……我当时只考虑我在陕北乡下跑来跑去，有匹骡子会比较方便，但我却支出了一些精神：各地机关拉去用我会担心，怕通信员喂不好我也检查。我甚至于同骡子有了一种感情，没有事常摸摸拍拍。到离开延安交公的时候，我还顺路到马厩里去看过。饲养员们称赞它，我很高兴。这种想法是很可笑的……"

——他自觉的可笑是多么可爱啊。太可爱了。可爱得简直让我难过了起来。

三

《柳青纪念文集》厚厚两卷，第一篇是陈忠实先生的文章《重读〈创业史〉》。这是他在《创业史》发表50周年纪念会上的发言。陈忠实回忆说："1982年的春天，我被我们西安市灞桥区派到渭河边上去给农民分地，实行责任制。区上派的工作组到各个乡镇，开始给农民分地。我在我驻的那个公社先做了一个村子分牛分马分地的试验，总结经验然后再推广。我记得在渭河边上第一个分牲畜的那个村子，晚上分完牲畜以后都到一点左右了，我骑着自行车回驻地的时候，路过一个大池塘——莲花池，刚从分牲畜的纠纷里冷静下来，突然意识到，我在1982年春天在渭河边倾心尽力所做的工作，正好和柳青上世纪（20世纪）50年代初在终南山下滈河边上所做的工作构成了一个反动。完全是个反动……那个晚上从村子走回我驻地的时候，这个反动对我心理的撞击至今难忘。生活发生这种戏剧性的变化，在我们文学界，多年以来涉及对《创业史》的评价，也是最致命的一个话题，就是农业合作社不存在了，《创业史》存在的意义如何……"

我忽然有点儿好奇：这个问题，柳青先生想过吗？

按照柳青的计划，《创业史》第一部写互助组阶段，第二部写农业生产合作社的巩固和发展，第三部写合作化运动高潮，第四部写全民整风和"大跃进"。但现实没有也不可能按照他的预想来行进。1953年，党在过渡时期的总路线和总任务还是用 15 年的时间来发展农业合作化，当时对苏联合作化的经验和教训深有研究的柳青欣慰地感慨说："这是接受苏联合作化的经验教训，根据我国的实际情况制定出来的。"

——据刘可风回忆，他极其关心政治，经常从自己的角度非常深入地思考分析国际和国内的政治形势，甚至睡梦中都萦绕着政治问题。《柳青传》里有一个细节，"他正在病床上熟睡，突然醒了，一骨碌坐起来，明眸中射出一道犀利的光说：'我正在一个国际会议上和别人辩论呢，话还没说完怎么就醒来了？'"

两年后的 1955 年 7 月，毛泽东发表《关于农业合作化问题》的报告，批评这个速度是"小脚女人走路"。从此，形势突变，高级社的成立大潮强劲席卷。柳青的写作计划也不断进行着调整。1958 年至 1959 年，柳青写出了小说《狠透铁》。书出版的时候，他在书名下方题写了副标题"1957 年纪事"。他对关系亲近的人说："这篇小说是我对高级社一哄而起的控诉。"

应该也就是在那时，他调整了《创业史》后续写作计划。晚年时候，有一次他和刘可风聊到《创业史》第四部的创作计划，他说："（第四部）主要内容是批判合作化运动怎样走上了错误的路。我写第四部要看当时的政治环境。如果还是现在这样，我就说得隐蔽些。如果比现在放开些，我就说得明显些……我说出来的话就是真话，不能说不让说的真话，我就在小说里表现。

"这些年，包括一些运动，来了就是一股风。不让人分析，不管什么事都要'一边倒'，所以，对一些问题的看法不断地'翻饼子'，下一个时代恐怕也会表现出来，我的《创业史》肯定会被否定。"

能够如此推断自己的作品在未来的命运，这种理性近乎残酷。与此同时，他也对自己的创作抱着低调而又顽强的信念。他曾和朋友李旭东谈心，李旭东说："我想，你所有作品的倾向很可能会被后人误解。"

他淡定地说："不要紧，我四部写完，人们就会知道我的全部看法了。"

1978年6月13日，他在北京病逝。他没有写完。

四

在影像小辑里，不期然间，我看到了李準。那张照片一看就是摆拍的，是1960年夏天在北京出席第三次全国文代会，从左到右是：李準、王汶石、柳青、杜鹏程。四个前辈里，同为河南人，我最熟悉的就是李準，虽然我无缘见过他。想起他，我就想起绍兴咸亨酒店里他的墨宝"店小名气大，老酒醉人多"。还想起李準传记《风中之树》的作者、文学评论家孙荪先生讲述的一则轶事：1982年，李準跟随中国作协的作家代表团到国外访问，他和团长一个房间。一天，他正在卫生间洗澡，忽然听到团长喊他，连忙就从澡盆里跳了出来，慌乱间脚下湿滑就摔了一跤。他对孙荪感叹说："团长又算什么呢？为什么不可以叫他等一等呢？我感到自己卑怯，我干吗慌成那样？"

1953年，李凖发表了小说《不能走那条路》，一举成名。之后又有《老兵新传》《小康人家》《李双双小传》《龙马精神》等，这些小说紧跟时代，紧跟政治，紧跟中心运动，如鲜花着锦。孙荪如此评价李凖的上世纪50年代初到"文革"前的创作："如果说时代潮流是风，他则是随风摇曳的树。有句古语说，'树欲静而风不止'，他这棵树是宁愿随风而动的……是毫无置疑地拥护并实践文学从属于、服务于现实政治甚至政策，自觉紧跟时代潮流，随波逐流，进而推波助澜的。"

1973年至1976年，李凖历时四年写出了电影剧本《大河奔流》。1978年，电影上映，聚集了当时中国电影界最强大的阵容，却遭遇了惨痛的失败。原因很简单也很直接：作家正在埋头创作的时候，历史正在急转弯。

自此之后，李凖开始反思自己创作的经验和教训。他称自己的作品是短命的"运动文学"。他自我评判："人未死，作品已经死了。"1996年，他在北京的虎坊桥寓所和孙荪说，有三个人的话自己一直忘不了："一个是胡风。胡风说'我在监狱里读了你很多作品'，说'李凖啊你写得太甜了'。一个是沈从文，说'李凖啊你写得太少了'。还有河南一个作家，叫栾星，见到我，说'李凖啊你的作品太紧跟了，有不少是速朽的东西'。"

——想到柳青，我会不由自主地想到李凖。和文学前辈们谈到李準,也会不止一次地谈到柳青。前两天,和一个朋友再次谈到这两位文学前辈,这个朋友突然说:"不能比。"

"谁和谁不能比?"

"李準和柳青不能比。柳青从来就不甜。"

突然觉得,《风中之树》这个书名真好。每个时代都有风,微风、小风、大风、飓风、和风、冷风、龙卷风、萧瑟秋风、拂面春风……每个作家都是风中之树。"树欲静而风不止",固然如是。风本身从来就不可能止。而树的年轮,也忠实地刻录了风的模样。柳青是一棵树。很多树淹没在了森林里。柳青没有。

他是一棵大树。

五

一个静静的午后,我翻阅着关于柳青先生的资料,读到畅广元先生的文章时,我停了下来,反复徘徊:"《创业史》作为一部优秀的长篇小说,其审美认识的价值正在于它以独具的艺术结构、典型的艺术人物群像、深厚而又鲜活的不同阶层生活真实地描绘新一代社会角色的艰苦创业,把在建构性理性主义指导下进行的社会改造做了深刻的反映。不论今后人们怎样看待中国的这场农业合作化运动,他们真要获得特定历史境遇里的感性经验和当时实际的社会感觉,就不能不认真研究《创业史》。"

在大时间的意义上,梁生宝们已经被深深地镌刻在了时代的链条中，而他们的后代，新的梁生宝们也正被镌刻在时代的链条中。在吴堡的时候，我去了因《舌尖上的中国》的传统挂面制作而闻名遐迩的张家山，现在，挂面已经成了张家山的灵魂。这里每家每户每天都在忙着做挂面，教游客做挂面也是他们的一种日常。而在挂面的包装袋上，"张家山老张家手工挂面农民专业合作社"的字样赫然在目。我突然想，如果柳青看到这个，他会怎么想呢？人们评判《创业史》的时候，总爱用一个词，说是"特定的历史时期"，究竟什么是"特定的历史时期"？当下，2016年，是不是特定的历史时期？而柳青曾说："每一个人都受到三个局限性：时代的局限性，也就是社会的局限性；阶级的局限性，也就是经济地位和社会地位的局限性；个人的局限性。这三个局限性谁也脱不开，我也不例外。"

——谁都不例外。我们每个人所处的这个时代，因为种种局限，都可以是特定的历史时期。从这个角度去看，写《创业史》的柳青，离我们并不远。尽管他如果活着，正好一百岁。尽管他去世，已经将近四十年。

记得中学时候写作文，总有一项老师规定必须训练的基本功，那就是摘抄名人名言，我们班的同学一定都会抄这一句"人生的道路虽然漫长，但紧要处常常只有几步，特别是当人年轻的时候"。破折号后的名字，是柳青。那时候，我还不知道柳青是什么人。后来我知道他是个作家。等到我进一步知道他是个什么样的作家时，我才发现他还有许多更经典的语录。

比如:"不要把我们的一切都说是正确的。实际上,我们一直都是在找寻正确的路。"

比如:"作家和作家之间最根本的差别往往不是文字技巧,而是在生活和思想上,同时也有意志的竞赛。"

还有:"一切都是暂时的,只有人民是永恒的。"

这最简短的一句话里,我又看到了树,风中之树。对树而言,所有的风都会过去。但是,树扎根的土壤,永远在那里。

谨以此文纪念柳青先生。

(本文有多处分别引自《百年柳青——纪念柳青诞辰100周年文集》《柳青纪念文集》、刘可风著《柳青传》、孙苁著《风中之树——对一个杰出作家的探访》,一并感谢。)

我 的 两 院

约是6年前，听到中国作家协会鲁迅文学院和北京师范大学文学院联合创办现当代文学专业硕士研究生班的消息时，我正参加着一个活动，席间说起，一位兄长说："不就是上个学嘛，你至于那么激动吗？"一群朋友都笑。我自己也纳闷，在别人眼里，我有那么激动吗？后来想想，确实还是挺激动的。怎么就那么激动呢？还真是说来话长，也就只有长话短说——后来看比我低一级的学妹鲁敏写的回忆文章，顿觉心路轨迹完全重合：作为早年只读了中师的乡下孩子，我尽管也通过别的渠道考到了专科本科等若干学历，但多少还是落下了遗憾，心里就藏了一个高校梦。所以，一旦有了条件后就想要圆梦，哪怕此时已是一把年纪。

于是经过了报名、初试、复试等一系列折腾，在即将45岁时，我如愿以偿地以学生的身份迈进了北师大的大门。2018年秋天，"今日头条"约稿让聊聊考研经历，我正好有话说：两年前，对，就是2016，儿子高三，我决定考研。然后，2017的秋天，他大一，我研一。今年，我研二。虽然属于非全日制，但也很开心。为啥这么高龄还读研？一、活到老，学到老，以此免疫痴呆。二、替儿子先体验一下读研。三、暂时比儿子学历高，满足一下老母亲的虚荣心。——免疫痴呆这个说法来自同学东紫的搞笑言论，她总是说她读这个研主要是为了防治老年痴呆，好像上这个学能治这个病似的。后来觉得，还真能治病。

我们这个班共 20 个同学，都住在十里堡的老鲁院里，每个学员都很幸福地占用了一个单间。上课的地方是在北师大，相对比较艰难的就是赶早课。同学们也常常合伙打车，后来发现其实也常常堵在路上，似乎还是地铁更为靠谱。第一次赶早班地铁时，我内心颇忐忑，在地铁口问一个行色匆匆的女孩子，现在地铁上人多吗？她冷淡地看了我一眼，说，不多。等我下到站里，看到满坑满谷的人，而上车还需要让人从背后推一把时，我才领会了她那个看白痴的讥讽无比的眼神。

北京地铁除了长，就是挤。2019 年的数据说北京地铁客运量达到 38.6 亿人次，平均每天都有 1000 多万人要搭乘北京地铁，这个客运量在全球排名中荣登榜首。而六号线的东西两端被称为北京地铁的地狱和天堂，因东段人多，能挤上就不错。西段人少，座位空得可以躺卧铺。而在东段，十里堡站恰是挤的极致。

往返于老鲁院和北师大之间自是辛苦，而往返于河南和北京间则是另一路辛苦。因还要兼顾河南那边的工作，基本上每个月都得回去三四次，集中上课的一年里，高铁票攒了厚厚一沓。累极之时不免也会惶惑：人到中年还这么辛苦读书，有必要吗？值得吗？

后来便知道，这都是小事。都值得。

值得的是名师。校内导师是张清华老师，他既是著名的诗人、著名的评论家，更是学界著名的学者和教授。在没有和他近距离接触以前，我对他的名望是高山仰止。有幸成为他的学生之后，又以学生的身份感受到了拥有名师的幸福。他温文尔雅，学识渊博，真诚谦和，同时也恪守原则，治学严谨，极富有人格魅力。跟他学习，不仅是在学业上有诸多收获，在为人为文等更开阔的领域，我也受到了潜移默化的教育。校外导师是李敬泽老师，2004年春天，我在鲁迅文学院第三届高研班学习，决意正式起步于小说创作时，就开始有幸接受他的指导和教诲。他慈悲严厉，宽阔深沉，坚定敏锐。作为国内顶级的文学评论家，他对诸多文学问题都有自己的独到见解。跟他见面学习的机会虽不是很多，不过学习方式也有多种，我常常追随着他文字的足迹，让他精神的光芒照耀着我前行的道路。

还有格非老师。与他相处如益友，读他作品如良师。在我心目中，他是当之无愧的杰出作家。我的论文也是在分析他的长篇小说，在写论文的过程中，对他的深厚的学养和文学的高度更有感受。还有张柠老师，他讲课风趣，很有性情，不仅有着高超的理论水平，还亲自写作小说，有着丰富的创作实践，也因此，他给学生的启发常常是非常知行合一的。还有张莉老师，虽然没有听过她的课堂授课，但是我早已经从她的许多评论中领略了她的出众才华，她治学的态度也有口皆碑。在我的心目中，这位同龄的70后评论家是我亦师亦友的珍贵存在。还有梁振华、张国龙、苏童、李洱、西川、欧阳江河，以及英语老师高波等诸多老师，他们的授课精彩纷呈，让我的视野变得更为多维，所见和所识更为丰富。北师大文学院负责具体事务的还有一位赵曦老师，她总是那么善良耐心，明亮美好。三年里，很多课业环节都极其具体琐碎，亏得时时有她的殷殷关照和细致提醒，我们才不至于犯下很多低级错误。

同班另外19个同学是另一部分温馨记忆，他们都是优秀作家，和他们同吃同住同学习的这段时间，年长的我仿佛回归了青春。此外还有诸如陈帅、刘秀林等这些比我年龄小资格却比我老的同门小师兄和小师姐都在学习期间给了我很多帮助，让我感受到了大家庭的温暖热能。

写此小文时蓦然回首，竟觉毕业已经两年。两年前，毕业不久的我调到了北京工作，回两院的机会也多起来——鲁迅文学院和北师大文学院，这深刻着我生命履痕的两所文学院，我简称为"我的两院"——每次回去，初春时看到京师学堂前的玉兰，金秋时看到鲁院院子里的银杏，都恍惚觉得自己还是学生。不禁要笑自己，你是要在心理上把学生的身份赖到底吗？

当然，学习是终生之事，只是如此集中的形式和内容并重的学习，可能仅此一次，尤有特别意义。因自身资质拙陋，在这两院得到的丰沛滋养于我的创作中体现得相当缓慢，好在文学本就是缓慢之事，以后的写作其实都可视为在给两院交作业。我愿意交一份漫长的作业，能多漫长，就多漫长。

慢慢活，慢慢学，慢慢写，慢慢交。

成为作家和高校里的文学教育的关系问题——

一个人能否成为作家，其实是个相当个体的问题。往往有着很多偶然因素：是才华、天赋、机遇等内力外力的种种结合。高校里文学教育，就程序而言，却像是一条流水线。所以这二者真的很难画上等号。但有意思的是，彼此之间其实也有着相当紧密的联系。一个作家的写作，固然和天赋才华等偶然因素有关，但他的作家身份能走到什么层级，他的作品能抵达什么质量，他的创作生命力能够有多持久，则和他的学养大有因果，他接受的文学教育就是学养的构成部分。这就决定了但凡是有志向长远发展的作家，必然会去学习。学习的方式有时是显性的，如在合适的时机再度进入高校。有时是隐性的，即默默自我学习。因此，只要听到一些大作家说自己只是小学或者中学文凭，学历什么的不重要，我都在心里窃笑。我不信的。学历也许不重要，因为学历只是一个很表面的结果展示，但是学养重要、学习重要。无论是从书本渠道还是从社会渠道，他们一定是进行了充分的隐性的学习，也一定有着极强的学习能力，几无例外。

高校里的文学教育，当然是很有意义的。就资质而言，我觉得可以简单粗暴地把作家分为两种，一是先天足，二是先天不足。先天足加上后天补，一定会成为好作家。先天不足更要后天补，才能成为相对不错的作家。总之，先天无论足还是不足，高校里的文学教育都能做做"后天补"的事情。

如同舞蹈、音乐都需要基本功，写作也需要基本功。正规且全面的文学教育，可以使得那些有写作兴趣且也具备才华的初写者在理论、技法等基本功上有个结实的底子，也可以在大概率上激发出他们更好的潜能。

而对于那些已经野蛮生长出来的作家们，这种教育也可以给出一个良好的环境进行系统地"回炉"培养，如近几年北师大与鲁迅文学院联合办的作家班和中国人民大学办的作家班都属此类。能够进入这种班里学习的作家，都已经有了一定的写作经验和写作成就，进入人文厚重的名校进行再度学习，肯定能够使其得到更充分的滋养，师生之间、同学之间还能进行各种交流和碰撞，使得思维更活跃，视野更开阔。——对于这样的作家们，高校的文学教育能给予的最重要的内容应是大文化方面的、思想方面的补给，让他们的"先天"更有力道，"后天"的续航能力更强。

在本名和笔名之间

乔叶是我的笔名。当人们得知这一点时，常常会饶有兴致地问："你本名是什么？"我道："你猜。"如此开个玩笑，这个话题也就这么过去了——以笔名认识你的人，并不太在意你的本名是什么。换句话说，他们看重的恰恰是你笔名所意味的那个世界。而在我还没有笔名时就认识的那些人，见面时也从不会叫我笔名。

我曾感叹，笔名和本名，对我而言，就是两个世界，两种生活。这话当然是矫情，无论是笔名还是本名，人都只有一个，那世界和生活也便只有一个，对于谁都是这样。

《俗人诗集》作者署名俗人，显然也是个笔名。他的本名我当然知道。在他很年轻的时候，我就认识他，他的父母，我也认识。当他告诉我，很想写，于是就写了这些，还说他不会再写了。写这些，过过瘾就够了。他这做法和说法，都颇让我意外。经常听到有人会跟我说，想写些什么，却也只是说说而已。他却不声不响地写了出来。写了也就写了，不自恋，不沉醉。这种心态，乘兴而来，兴尽而返，倒是自然。

拿到稿子，很快读完。因不懂诗，不好妄谈褒贬，最鲜明的感觉，却是不再意外，而是时时有熟悉之感。诗文六十篇，行旅，风景，感悟，可见天高云淡，亦观清风明月，既赏旭日东升，也叹夕阳晚霞。说到底都是一颗心而已，且都是离不了柴米油盐酱醋茶的一颗心，怎么能不让人觉得亲近得恍若自己呢？

读完了，也方觉得俗人这个笔名起得有意思。就常人的标准而言，他这个精英加才俊是一个不折不扣的成功者。他却偏偏自称俗人。俗这个字，从人从谷，可以是人在山谷，也可以是人吃五谷。人在山谷，接地气。人吃五谷，有烟火。

突然想起他告诉我起了个笔名时的口气，颇有些腼腆，说不想让朋友圈知道他写了这些。问我，理解吗？当然，我当然非常理解——在本名和笔名之间，有着亦虚亦实的一番天地。笔名意味的，常常是更深的真实。可悖论就在这里：真实往往又是如此脆弱，如此让人羞涩，如此不能正视，需要回避，需要保护，需要遮掩，需要换一种方式重现。

他说，想要给时光一个交代。

我想，时光会悦纳他用笔名做的这份交代。

——你写下的每一个字，都是有意义的。话会飘散于无形，但你写下的字，不会。它们就是你的心所走过的道路，词、句、段都是脚印，明明白白，童叟无欺。

我想，等若干年过去，时光也会给他的交代一份悠长的回馈，到那时，他会知道，找个自称俗人的人，他给自己存下了一份怎样的礼物。

老实与不老实

1

因为写作散文多年，但凡和基层作家交流，但凡说到散文，一定会有人聊散文能不能虚构这话题。比如说，她于去年与老友重逢——上次见面是七八年前，但这个时间若是放在当下显然更有现场感，那这个时间可不可以放在当下？那上次见面的时间可不可以说成是十年？她认为这是虚构，换而言之，其实她觉得是造假。在她心里，虚构就等于作伪，有违于写作伦理。她觉得这是个非常重要的原则问题。

我很清楚和她持同样立场的人大有人在。但恕我不敢苟同。说实话，我觉得她真是太老实了。老实过了头，就是如此。

虚构和非虚构的辩驳，很像是左手和右手打架。还是挺明白的事。正比如，乔叶是我的笔名。当人们得知这一点时，常常会饶有兴致地问："你本名是什么？"我道："你猜。"如此开个玩笑，这个话题也就这么过去了——以笔名认识你的人，并不太在意你的本名是什么。换句话说，他们看重的恰恰是你笔名所意味的那个世界。而我这笔名和身份证姓名比，显然也是虚构，可这个笔名下的在精神意义上却有着体积更大的真。

——在本名和笔名之间，有着亦虚亦实的一番天地。笔名意味的，常常是更深的真实。可悖论就在这里：真实往往又是如此脆弱，如此让人羞涩，如此不能正视，需要回避，需要保护，需要遮掩，需要换一种方式重现。

2

毫无疑问，无论虚构还是非虚构，只要是优质的写作，最终都需要抵达到真。可这个真到底是什么，却是一个特别辩证的问题。比如即便非虚构也需要裁剪，也需要挑选人物、素材，进行再度的组合拼装。这里面怎么可能没有虚构？

作家对原生态素材再创造的利器是什么？虚构。也就是在虚构的意义上，对于村上春树在以色列接受耶路撒冷文学奖时获奖演讲里所说的一段话，我深度认同。他说："并不只有小说家才撒谎，但小说家的谎言与其他人的不同，因为没有人会批评小说家说谎不道德。甚至，他说的谎言越好、越大，制造谎言的方式越有独创性，他就越有可能受到公众和评论家的表扬。为什么会这样呢？我的回答是：通过讲述精巧的谎言——也就是说，通过编造看起来真实的虚构故事——小说家能够把一种真实带到新的地方，赋予它新的见解。在多数情况下，要以原初的形态领会一个事实并准确描绘它，几乎是不可能的。因此，我们把事实从它的藏身之处诱出，将之转移到虚构之地，用虚构的形式取而代之，以试图抓住它的尾巴……"

从某种意义上讲，他道出了我心目中写作的实质——当然也是好小说的特质，即：在虚构之地抓住事实的尾巴。不过，这又衍生出一个话题，即虚构的质量如何。

答案在博尔赫斯这里，他说："强大的虚构产生真实。"

你的虚构，必须强大。《西游记》《变形记》《百年孤独》《堂吉诃德》等莫不强大，卡尔维诺的"祖先三部曲"《树上的男爵》《分成两半的子爵》《不存在的骑士》亦是杰出的虚构典范。

曾听过一件趣事，参加某次采风，有个作家没去。他在网上看视频后写了篇特别好的采风稿。他这有违了写作道德吗？我觉得没有。同行们也还都挺叹服的。而有些作家讲述的故事，是生活中发生过的，我们读到的时候却觉得味如嚼蜡。与之相映成趣的就是另一些作家讲述的故事，明明生活中不可能有，但是我们读的时候，还是会心甘情愿地沦陷。

3

如何使得虚构强大？

虚构是一种特权，但特权有风险，使用需谨慎。正因为这权力过于特别，所以你得把这权力的猛兽关在笼子里，你要格外小心翼翼。换句话说，天马行空的前提，是要脚踏实地。

——在写作的老实和不老实之间，有一个精细微妙的分寸。不该老实的时候不能老实：需要溢出的虚处，有质量的冒犯，边界的突破点，都不能老实。而到了该老实的时候：文本中所涉的吃穿用度，街道房屋，花鸟草虫，这些地方因为披着现实的外衣，所以得严格遵循日常逻辑，都必须得老实。

至于不老实，其实有一个很好的例子，比如《岳阳楼记》，千百年来的读者读它时可能都觉得它毫无疑问是真的，完完全全真的，都会认为范仲淹彼时去过彼地，看过彼景，写下了此文。但历史记载，北宋庆历三年（1043），时任参知政事要职的范仲淹主导了"庆历新政"的改革运动，因触犯了地主官僚阶层的利益而遭遇失败，庆历五年（1045）初，他被罢职，至十一月，范仲淹赴河南邓州做知州。百花洲之前就有，只是几近废毁，他到任后重新做了整修，并在百花洲旁创建了花洲书院。北宋庆历六年（1046）九月，范仲淹受滕子京之托，在花洲书院写成了名传千古的《岳阳楼记》。

他只是彼时写下了此文，并没有去过彼地，看过彼景。他应该是知道岳阳楼的大致地理，然后以强劲的情感和认识贯穿从内部充盈起了文本，便成就了经典。按照老实人的写作伦理，《岳阳楼记》是虚构的，千百年来的无数读者都上了当。可有多少人知道这个呢？知道的人里又有多少人介意这个呢？会觉得范仲淹是骗子吗？会觉得自己被这个骗子侮辱了吗？这么想的人恐怕甚为寥寥。一代代读者服从于他强大的叙述逻辑、情感逻辑，他的精神高度，永远都会为他"先天下之忧而忧，后天下之乐而乐"的情怀折服。他去过没去过岳阳楼还真只是小节之事,甚至连小节之事都称不上。如果他是骗子,那他是多么伟大的骗子啊。

同理,其实作为读者,我并不在意你的文章里是昨天花开还是今天花开,你打车去公园还是搭地铁去公园——生活中的你,对我而言完全陌生。你生活中的实际物理运行轨迹我无所谓。我在意的是你的文字传达给我的东西,你要有能力让我相信你的真,让我愿意相信你的真,这才是最重要的。

这个真,据我理解通常说是艺术的真。艺术的真来自生活的真。作为写作者,还有手写我心、扪心自问的真,这几个真糅合在一起,要能说服自己。先说服自己,再说服读者,我觉得这是很核心的标准和道德。

4

虚构不等于假,非虚构也不等于真。呈现出来的是真实还是虚假,说到底要看一个作家的力量。

一个作家,在老实的地方很老实,在不老实的地方很不老实,在我的心目中,那一定就是一个好作家。

生活家的诗

《我突然知道》全部定稿之后,某天,编辑碎碎打来了电话,软硬兼施地告诉我:"必须写个序。哪怕短点儿呢。"

于是,我就写了如下的话——

写诗这件事,其实没有什么道理好讲。如果一定要追问原因,那只有一条:因为想写。

诗,到底是什么?

诗,是只能用诗说的话。

那些欲望,那些刀枪,那些火焰,那些玫瑰,那些最深处的秘密……中蛊的人,总是被那些句子控制。能读懂的人,不用解释。

算起来,以1993年开始发表散文为起点,到2018年,我写作也有二十五年时间了。但如果以诗为起点,就可以把这个时间再叠加五年——十五六岁的年龄,第一选择就是写诗。最初是慷慨激昂地写,热血沸腾地写,堂而皇之地写,甚至不怯于当众朗读。可写着写着,就开始羞涩,开始软弱,开始偷偷摸摸。

这么多年来,也还在写。在写小说和散文的间隙,读诗一直是一种补充营养的重要方式。读着读着，心痒痒了，就写。只是不太好意思让人知道，更不太好意思拿出来发。是因为觉得自己写得不好，更是因为写诗这件事，纯粹成了自己内心生活的一件事。

诗，就是私，极度隐私。

诗人总是让我敬而远之。但诗总是能让我一头扑进她的怀抱。

也因此，对于这本诗集的出版，我一直在犹豫。在写这些话的此刻，依然在犹豫。尽管到2018年为止，我出版的书至少已有五十本，其中一半散文，一半小说，唯独没有一本诗。

是的，我想有一本诗集，可又不想被那么多人读到。尽管也许这是我印量最少的书了。我对编辑说，你随时可以停止，不出版没关系，真的。

这可真是不讲道理啊。

好在，诗本来就是不讲道理的。

不讲世俗的道理。

诗所拥有的，就是那种不讲道理的疯狂的爱，和美。

只要还能写下去，我就会一直写诗的。只要写诗，就不会觉得自己老。

我要在诗中，保留此身少年的幻觉。

…………

诗集出版后不久，某天，碎碎又打来了电话，还是软硬兼施地告诉我:"还是有必要做一场新书分享会。"

于是就在郑州"纸的时代"书店做了一场活动,碎碎任主持,对话嘉宾是我很喜欢的评论家单占生老师。按照惯例,活动前我总是要在朋友圈发一下预告,但是这次,我没有。我甚至暗暗巴望着不要来那么多人。我想象不出,面对那么多人去谈诗,该说些什么。

当然,及至活动现场,拿起了话筒,也还是自然而然地说了起来。

那天,我说,我一直认为,写作分为几种。一种是客厅写作,就是衣冠楚楚的,比较得体、优雅的写作;一种是厨房写作,就是白刀子进去红刀子出来,比较狠的写作;第三种呢,是属于浴室的写作,赤身裸体,直面自我。我这本诗集的写作地盘,基本就是在浴室和厨房。一般而言,浴室和厨房是不能见外人的,也不想见外人的。若是敞开让人看见,是格外需要勇气的。所以对于出这本诗集,我的心理建设很艰难。其实诗歌一直是我心头的最爱。打个不恰当的比方,诗歌于我,就是初恋,因为某种原因,我和小说、散文结了婚,却仍然惦记着诗歌,就把他发展成了隐秘的情人,一有机会就去找他。这本诗集就是一本公开了的婚外恋证书。每当对小说和散文感到磕磕绊绊写不下去的时候,我就读诗,从诗中获取灵感。好的诗歌是通神性的,不讲道理的。比如顾城的那句诗:"黑夜给了我黑色的眼睛/我却用它寻找光明",就是这种通神的、不讲道理的好诗。我是一个大俗人,离神性很远。读诗和写诗,也许能够使得这种距离稍稍拉近一些。

…………

那天,单占生老师说:"乔叶的诗有很多话题可以说。海德格尔在阐述诗的时候,有一句话'人,诗意地栖居'。他还有一个词,是澄明。澄明是判断一首诗的标准。诗人有一种艺术的敏感,能把那些蒙昧的东西转化成一种概念,触及事物的基本状态及其本质。北岛、顾城、舒婷之所以是他们那个时代的伟大的人,就是因为他们使一种黑暗蒙昧的事物处于澄明之中,把背后那些隐藏的东西突然揭开,这就是他们的价值。比如舒婷的诗,张扬了一种人性的大写的爱情观,让爱建立在平等的自由的基础之上,因此就会成为经典。北岛的诗'卑鄙是卑鄙者的通行证/高尚是高尚者的墓志铭',揭示了人类在某个阶段中文明进步的一种状态。鲁迅说过,诗人就是要能感受到地狱之大苦恼和天国之极乐,才能够表达出人世间的真正意味。至于乔叶,她的诗没有那么极致,却是生活浸泡出来的。既是小说家的诗,又是散文家的诗,更是生活家的诗。任何一个读者在读到乔叶的诗的时候,都能读到自己。比如她写会议的那一组诗,揭示了生活中的假,生活中让人感到不愉快的那些斑点。这些诗显示出了她的独特视野,有她自己的语言方式,她有自己表达的方式,有自己观察世界的方式,她能看到不一样的东西,并能揭示出这种东西的普遍性,所以她的诗有独到的艺术价值。"

…………

那天,是碎碎做的总结,她说:"我们知道,现在乔叶主要写小说,小说是虚构的艺术,她也写散文,从某种意义上来说散文也是可以虚构的，虽然是第一人称，但不一定完全就是自己本人。或者说，可以以虚构的名义写真实。但是诗歌，在这个相对狭小的，需要极度凝练的文字空间里，需要面对和袒露的，只能是自己的精神真相，不能自欺和欺人。我们常常对于很多东西，对于我们身处的世界，习焉不察。越是熟悉的东西，越是容易麻木无感。但是乔叶用诗的形式把我们感觉混沌的地方、蒙昧的东西、习焉不察，或者语焉不详的东西，揭示出来。我记得著名诗人王小妮说过：'诗意常常待在最没诗意的地方，因为真正的诗意必须是新鲜的，是那些还没有被赋予诗意的，只有偶然被赋予了新鲜的感受之后，它才忽然获得了诗意。'乔叶这本诗集里的很多诗就是这样的，她在一些我们见惯不惊、非诗的地方找到了诗性，比如她写会议，写朋友圈，写早上上班在公交车上所见所感的组诗，写内裤，写在女厕所见到的一撮烟灰，等等，引发的想象，都充满了她个人的发现。这些诗都如单老师所言，是小说家、散文家和生活家的诗。她的很多诗不仅具有诗性，有着诗歌的节奏性和跳跃感，有着巨大的留白和想象空间，也具有鲜明的散文性和小说性。她的散文，大都温暖、悲悯、宽厚、体恤，她的小说呢，却往往冷峻、暗黑，比较酷烈，我觉得她的诗歌兼有这样的两极。尤其是小说性，她以小说家对细节的捕捉能力，极具质感地反映了社会生活和人性的侧面。她的诗里，有很多来自日常的细节，但是她又能予以精神超拔，赋予这些细节修辞性、精神性与象征性，并把它们融合在一起，让我们见识到一个作家，她如何对最普遍的生存场景进行智性观照，给我们带来闪电般的灵魂悸动。"

…………

那天，纸的时代，人不是很多，却也不少。座位没有空着，周边也没有站着的人。整个活动过程，大家都很安静。我们三个人侃侃而谈的时候，我偶尔会不自觉地跑神儿。我想，如今这个钢筋水泥的世界，还有人在写诗，比如我；还有人在做诗集，比如碎碎；还有人在评论诗，比如单老师；还有这么多人在听诗，比如现场这些读者——这样的事，本身就是一首奢侈的好诗啊。尤其是这些陌生的读者，虽然陌生，但是他们的脸，让我觉得有一种骨子里的亲切。我知道，他们和我一样，都是努力生活的人，都努力想让自己的生活更有滋味。从这个意义上讲，我愿意认同自己的诗，不是散文家的诗，也不是小说家的诗，而是生活家的诗。

是的，我一定还是会继续读诗和悄悄写诗的。诗歌是文学的黄金。我知道自己变不成黄金，但是能够经常被黄金的光芒照一照，生活是幸福的。

有关《七粒扣》的几个词

书　　名

　　这本书里有七个中短篇,是我近年来相对较好的自己也比较满意的作品。梳理起来,七篇小说各自独立,貌似是散的,但其实也有内在的共通性,就取了《七粒扣》这个名字。七粒扣是一味中药,清热利湿,消肿解毒。有读者问:是否可以就字面意思去理解,就是一件衣服上的七粒扣子?这当然也可以。不过要考虑到扣子是在一件什么衣服上。我愿意想象成是初秋之衣。人到中年,人生的初秋——正如现在的季节。是前有车后有辙前有村后有店的中年,是既热且凉的中年。此时对人生的认识与年轻时不同,知道命运赠送的礼物都标了价格,怀着炭火一样的内敛的情绪,也不至于暮气沉沉。像是处于抛物线的顶点,正在收获,同时也正在失去。我个人觉得这些中年故事还是很动人的。

人　　物

七篇小说的主人公有男有女，职业不同，故事的节点不同，讲述的角度也不同。有读者问：你是怎么去体会这些人物的？我说，将心比心，让自己最大可能地贴近人物。写作多年，这几乎已经成为一种职业本能。所以，某种意义上，所有人物都可以看作同一个人，甚至可以说，都是我。因为都是我把自己分裂出来的叙事。在这一点上，应该有很多作家都与我感同身受。在写小说时，无论写了多么不同的人，都可以说是在写自己。所谓的正面人物、反面人物、中立人物，男人、女人、年轻人、老人，归根结底都是在写作家对这些人物的认识。作家的认识不是靠理论，就是靠这些细节、情感等构成的文字来表达，都折射了某个维度的自己。

死

有读者问，在这本书里，每篇小说都写到了死，却又点到为止。是因为对死感兴趣吗？我梳理了一下，果然。之所以会如此，似乎也是很自然的事。对于死，总是避不开，也不用避。在死这个问题上，中国人的态度挺有意思，一方面很忌讳，一方面其实也很豁达。比如会把死挂在嘴边，顺口就会说什么好吃死了好看死了之类的。乡村老人会早早准备棺木，说是寿材。而之所以又点到为止，是因为死不是主题。死是自然规律的一种。事实上，死本身没什么好写的，写到的时候,就只是一个背景,所以就点到为止了。死亡背景下,怎么去活,怎么去生,才是真正值得关注的。没有黑,怎么说白。没有死,何以理解生呢。

立 场

有读者谈到《四十三年简史》时说,你对女主人公既同情又嘲讽,既冷淡又欣赏,情感立场不鲜明,常常很混沌。我说,你的感觉非常正确。你感受到的这些,正是我想表达的。说实话,我写小说,不是为了表达什么正确的真理或者见解。越写越觉得,没有绝对真理。生活、人性、世界都是那么丰富丰饶。明确的东西需要法规法律各种条例,不明确的、难以言说的东西需要文学。所以,恰恰相反,我主要写自己的疑惑、疑虑,以及所感受到的道德的疑难。如果同时能引发读者共情共鸣,或者有读者愿意有不同意见,愿意探讨或者质疑,我都觉得很荣幸。如果读者能从中读到丰富和丰饶,我也会觉得很荣幸。

时 间 的 药

有读者问,你这些故事中的人好像都透着一股从容的劲儿,这股劲儿从哪里来的?我说,从我自己这里来的,哈哈。从容来自克制,克制是因为不好克制,有不从容的东西。比如写《给母亲洗澡》，如果是年轻时候写，我会写得很煽情。但现在写这篇小说，我是努力克制自己的。我不想让不合适的煽情流溢在文本里。所以呈现的文本情绪就很舒缓，即使是眼泪，也流得很宁静。这就是我想要的。小瓷从头到尾就不怎么从容，《在饭局上聊起齐白石》也不从容。《至此无山》和《四十三年简史》看起来从容一些，是因为主人公都是死亡底色，此时也只有从容。——再回到书名去阐释，"七粒扣"到底是一味怎样的药？其实是一味时间之药。时间意味着沧桑，意味着经历，意味着淬炼，意味着伤害，同时也意味着治愈。时间确实会治很多的病，心病。

源头种种

我有幸参加了中国作协举办的首次中国－拉美国家文学论坛，论坛主题是"创作之源"。所谓的源，可以理解为源头，也就是原动力。这其实是个老话题，却由于作家的性别、年龄、民族、地域、教育、文化，及至国度等成长背景造就的种种差异性，因此又常提常新，有趣且丰饶。

在为这个会议准备发言内容的时候，我首先想起的是自己出版过的一本小书，里面收集的是一些创作笔记，书名叫《我常常为困惑而写》，我觉得这句话可以简要地归纳自己几乎所有的创作动机。有的作家是想明白了才去写，是为所知才写，是要把自己高妙的洞见告诉世人。我不是。作为一个愚蠢且经常犯蠢的人，我常常是为困惑而写，为好奇而写，为迷茫而写，为痛苦甚至为恐惧而写。在写完之后，才会适度地减少这种困惑、好奇、迷茫、痛苦和恐惧。比如五年前我写过一部长篇小说，叫《藏珠记》，写的是一个唐朝少女因为吃了一颗神奇的珠子，从唐朝一直活到了现在，活了一千多年。写这篇小说的初衷之一是因为我看到无数人都很注意养生，想要活得更长久，也把活得长久作为一个成功的鲜明标志。于是就很困惑：一个人无论是活得多么长或者多么短，最本质的要义应该是什么？这个问题古老甚至陈旧，不过落到我身上对我而言就构成了新鲜的困惑。因为我只能活一辈子。我想要解决这个困惑，作为一个作家，也只能在写作中去深度地呈现和纾解这种困惑。

除了自己的困惑，这部小说的另一个重要源头就是中国古典文学史。很多人问我为什么要让女主人公出生在唐朝，我回答说：一是和很多中国人一样，我也很爱唐朝，历史和文学中的唐朝有一种开阔、自信、饱满和绚丽的气质，这种气质特别浓烈，非常迷人；二是唐朝历史上记载了很多关于珠子的精彩故事，《独异志》《广异记》《酉阳杂俎》里都有。比如有的珠子投入湖中，淤泥就会变成清水。有的珠子给去世的人含在嘴里，多年之后这个人的相貌依然可以栩栩如生等等。既然他们的珠宝有各种各样的神妙之处，我想，如果其中有一颗宝珠能够让女主人公长生不老，那也很相称。卡尔维诺曾说："幻想如同果酱，你必须把它涂在一片实在的面包片上。如果不这样做，它就没有自己的形状，像果酱那样，你不能从中造出任何东西。"正是依附着唐朝历史上那些伟大的记录者和书写留下的这些传奇故事，我才能在写作这部小说时获得了虚构的底气和叙述的自信。这极其关键。

还有一个源头则是世界文学的经典作家和作品赋予的。在为这部小说做准备的时候，我做了一些同方向的阅读。在阅读中发现很多作家都思考过永生这件事，并以小说的形式表达了出来，比如博尔赫斯写了一个短篇，叫《永生》，他提到永生的时候说："永生是无足轻重的；除了人类之外，一切生物都能永生，因为它们不知道死亡是什么。""死亡（或它的隐喻）使人们变得聪明而忧伤。他们为自己朝露般的状况感到震惊；他们的每一举动都可能是最后一次；每一张脸庞都会像梦中所见那样模糊消失。""与此相反，在永生者之间……任何事情不可能只发生一次，不可能令人惋惜地转瞬即逝。对于永生者来说，没有挽歌式的、庄严隆重的东西……"我还细读了波伏娃写的一部长篇小说，名字叫《人都是要死的》，男主人公活了六百年。这些前辈作家的作品对我有着不同的触动和启发，他们让我知道：对这个问题，他们是这样想的。也让我意识到自己能在这个空间做些什么。所以他们的作品也构成了我创作的源头之一。

当然源头还不止这些。比如还有一个重要源头是我的故乡。随着年龄增长，我离出生地的那个村庄越来越远，也越来越深刻地认识到：故乡是离开才能拥有之地。距离的产生使得对故乡的回望和分析成为可能，从而使我更清晰地认识到她对自己的意义。

仅是一部小说稍微一梳理就能梳理出这么多源头，可见丰富和宽阔。我觉得如果把一部完成的作品比作一碗白酒，这一碗酒看着清澈如水，喝起来韵味悠长，但酿酒的过程却要有适宜的河流、土地、温度、湿度、草木、粮食、空气，以及自然界的各种微生物等等，所有这些都是源泉，而怎样从源头有效地汲取活力和营养，则是一个作家的终生作业。

抵达这信

某一年的暮春时节,应滑县作协徐慧根主席的盛情邀请,我去了一趟滑县。进入滑县境内,到处可见茵茵翠翠的大片麦田。麦子正在秀穗,绽放出盛大且细微的清香。我忍不住让徐主席停车,和麦子们拍了好几张合影,也拍了几张麦子的特写。近日整理那些照片,忆起当时情形,很想给麦子写几句诗,惭愧的是,却想不到合适的句子。深觉写诗这事于我虽是深爱,却又是如此困难。

怎么就这么困难呢?

在读闫文正的诗稿时,便突然想,如果换作是闫文正,是不是就要容易些?

闫文正是徐慧根主席向我推荐的滑县诗人。读了他的诗稿,觉得还真是诗如其名。文字是有气息的,他的文字里传达出来的气息,恰可谓是正气浩荡。其中有不少诗的调性都很昂扬铿锵,简直可以谱成调子来当歌曲唱。后来我仔细看了他的履历,得知他是军人,怪不得呢。

虽然未曾谋面,但以常理也基本可以确定,他的生活必定也有不甚如意的地方,但在写作时,他却能够忽略那些不如意，而着笔于这些单纯、明亮、温暖之处，在我的阅读经验里，这很能显示出这个人根底里的品性：在生活的多个面相中，他更看重和更善于表达这一类型的真实。

——这意味的不是粉饰，这意味的是一种选择。

卡弗曾说："文学能让我们明白，像一个人一样活着并非易事。"

这种选择，其实也是不容易的。

正如没有天生的好人，做好人是一种选择。同样，写什么腔调的文字，这也是一种选择。例如我，虽然偶尔也写点儿诗，却是小情小调，绝不似他这般坦荡敞阔。

这是性别差异，也是个人经验使然。

行旅，景色，感悟，都是人心。天高云淡，清风明月，旭日东升，夕阳晚霞，也都是人心。一叶知秋，一叶知春，一叶障目，也还是人心。说到底，都是一颗心而已。文字如镜，人心在其中纤毫毕现。话会飘散于无形，但你写下的字，不会。它们就是你的心所走过的道路，词、句、段都是脚印，明明白白，童叟无欺。

文正兄的心在他的诗行中，一览无余。

他爱雨，爱雪，爱土地。爱国家，爱故乡，爱所有美好情义。而在写至亲之人时，则最为柔软和疼痛。最打动我的，也是这种柔软和疼痛。

如《父亲》——

麦子

早已回家

酷暑

已盛行天下

一个呵欠

都可能汗如雨下

父亲头戴草帽

肩扛锄头

走向田野

常常去关心

田里的庄稼

炎热和寒冷

从未令他惧怕

如今的父亲

早已化作一棵树

一年四季

守着故土

忘记回家

又如《回乡》——

清明无雨

我的泪

却淋湿了

故乡的一片晴朗

父亲成了树，他回乡上坟的泪水润泽了树，这是否也是一种特别的反哺？

最深的，也许就是这些柔软和疼痛。

最宝贵的，也是这些柔软和疼痛。

对于一个作家而言，在文字与生活之间，往往有着或短或长的距离。有些老实的读者喜欢对号入座，虽然是一种普遍心理，但其实这也是并不高级的庸常游戏。因写作的初衷有多种，其中有还原型的，尽量贴近生活的本来。也有弥补型的，用文字来弥补生活所缺。比如我，因父母去世很早，就习惯通过弥补型的想象在写作中获得少许满足。

以我的浅见，生活中发生的现实固然可以由作家记录和表达，同时作家也有权利以自己特有的方式来重组和构建另一种想象中的现实。对于这样的作家，某些情形和事物在他生活中不多甚或可能稀缺，属于他的纯虚构，但只要写的人信，并且通过强大的情感逻辑让读者信，那就成立。博尔赫斯曾言"强大的虚构产生真实"，即是如此。

闫文正通过他的诗句告诉我，他对于自己所写的一切，都信。

我也信。

在人生的因缘际会里修行，有时就是为了能抵达这信。

樟木头和文学的关系

时值 2022 年 8 月末，在东莞的樟木头镇，又一次见到王松。

已经记不得这是多少次见到王松了。自打开始写小说，就在很多开会和采风的场合见过王松。他总是那样，穿着颜色鲜艳的衣服，头发的颜色也染得很鲜艳。后来他解释说是因为头发白了。其实即使不白，染发也很适合他。他说话也总是那个腔调，不疾不徐的，却有着一股抓人的劲儿，一句递一句的，包袱迭出。我至今仍记得刚认识他时听他讲的一个笑话。天津人对女子的尊称是姐姐，一个男人初到天津便知晓了这个宝贵知识，出门问路时看见前面站着两口子，想着找女人问不大合适，寻思片刻，就去问了旁边那位：到狗不理包子店怎么走啊姐夫？

和王松也在樟木头镇见过数次。起因是"作家第一村"的牌子在这里挂起后，几个作家都想要在这里买房子。写作是孤独的劳动，能聚在一起自然是好。何况这是南方，对我等北方人特别有吸引力。不过虽是动了念，也有作品签约给了东莞文学院的，借此机会又来了好几趟，却迟疑着，到底还是没买。有几个作家来看了之后便立刻定下，王松便是其中之一。后来便觉得王松就是如此，对于很多事情都有决断，一旦定下就朝着既定的方向去。

对待写作当然更是如此。他的写作简历是自1983年始，至今也有四十年了。这些年他写了多少东西啊，长中短各类小说加起来足有七百余万字，其中《红汞》《双驴记》等篇目皆广为流传，脍炙人口。2022的夏天，作为第八届鲁迅文学奖中篇小说奖的评委，在一两个月的时间里我集中读了一批中篇小说。王松的篇目就占了五个，其中之一便是最终获奖的《红骆驼》。评委们聚在一起免不了要说起作者，谈到王松就都格外有话。也是，这位老兄衍生出来的话题太多了，简直俯拾皆是：他的叙述节奏，他的选材，还有他的勤奋——他是作家里的劳模，这毫无疑问。大家也由此得知几年前他曾得过一场病，病愈后第一时间仍是写作。对他而言，写作就是宿命。只要进入他生活里的，几乎没有什么不能写的。

《红骆驼》亦是如此。后来看他的创作谈，知道了他写这篇的缘起。他于2019年初夏到一个影视培训班去讲课，在课后的社会实践活动中应邀到西北地区的某核工业基地去采风，接触到诸多人和事。他说："我至今想起来，当时的激荡的心情还清楚记得。在回天津的飞机上，这个故事中的人和事，就已在头脑中形成了。而到书房沉淀了一段时间，我就动笔了。……我用内敛的、克制的文字，写这样一部小说、这样一个故事。我想让更多的人知道他们的经历。此外，我更深的感触是，一个作家，必须深入生活，接触生活的活水。生活，是我们创作的源泉，同时也永远是我们的老师。"

在樟木头又见王松，他仍是那样。喜悦是喜悦的，却也很从容和淡然。朋友们纷纷向他祝贺，他既谦逊又欣然地接受着祝贺。走到我身边时，拍了拍我的肩膀说："咱啥也不说了啊。"当然我还是向他表示了祝贺。还说到了某评委的话：王松就是为小说而生的。他又拍了拍我的肩膀，和我碰了碰杯。我看见他的眼睛里有了隐隐的泪光。

那两天里，东莞的文友们聚在樟木头镇，吃饭，喝茶，采风，聊天时自然而然地反复说起"作家第一村"的村史，说起已经去世的首任"村长"、著名评论家雷达先生。媒体对他和樟木头的渊源有着确凿记录：2007年，雷达先生来到樟木头，决定在此安一处家写作。2010年9月28日，"中国作家第一村"正式挂牌，在樟木头落地生根，由雷达任首任"村长"，随后几年间，三十多位知名作家陆续进驻，成为"村民"，一个自发聚集的创作群落便日渐形成。想来有趣，作家们买的房子在各个小区，这个村自然有虚意，可都聚在这樟木头镇，要见面是那么容易，这虚又何尝不是实呢？

到底是南方，这里的常绿乔木太多了。和朋友们聊天的间隙，我不时贪看着葱葱茏茏的绿色。我知道，即便到了隆冬，这绿色也还是这样。常青这个词对这南方之绿就是最适宜的形容。这葱茏中自然也少不了香樟木。而其实，樟木头镇也含有隐隐的香——文化之香。这座地处深莞惠之间的纯客家古镇，除了"中国民间文化艺术之乡""中国民间麒麟文化艺术之乡"的名号，还有客家文化、红色文化等文化资源。多种文化和谐相融，自然也适合文学发展和生长。事实上，樟木头镇甚至东莞都已经以种种文体种种形式被融在作家们的作品中，我也是其中一个。虽然没有在这里买房子，但我还是不自觉地让自己的写作向这里靠拢着。在长篇小说《认罪书》中，我让心爱的女主人公梅梅住在了樟木头镇的隔壁——长安镇，在给弟弟写的信里，她给弟弟画了地图。小说中的主要叙述者金金去东莞寻找梅梅的足迹，便是照着这地图："地图画得很稚拙，却也很详尽。箭头从东莞火车站出发，一直延伸到那个可园路香草小区才打了一个大大的五角星。指示的线路和路边的典型建筑物都标注得一清二楚。途中有个珍美制衣厂，旁边也打了个小小的五角星，想来就是梅梅信中所说的那个厂。"在长安镇，金金踏上了理想路、繁华路、可园路，顺着可园路寻找了几个小区：仁爱家园、翠景花园、帝豪公寓、香草小区，还有一条人民路尤其有细节："第一个十字口左转，上腾飞路，到成功路再右转，前行两百米，就是永和巷，巷一点儿也不像巷，而是很宽的一条路。"如今回忆，应该当初是很认真地查了地图的。

对了，我还去过樟木头镇上的观音山。是冬天去的。那次去，在几天里和朋友们爬了两回。第一回先到前山，车把我们送到山底，然后我们一直朝上走，走到后来，无非是累。第二回先到后山，车把我们送到山顶，我们一直朝下走，第二天起床，大腿和小腿就都是疼了。上山累，下山疼，这上山下山的过程仿佛人生。印象深刻的还有山上的竹子。和北方的竹子相比，这里的竹竿纤细，竹叶如柳，尤为娇小玲珑，色泽也不厚重。似乎有些不像竹子，但分明就是竹子。南北差异,一草一木皆可见也。

因这观音山的美,也因感悟颇多,我便不由得写下了一篇名为《观音山七记》的散文,十多年过去,至今还敝帚自珍地喜欢着其中的某些段落:"这个季节,是北国的严冬。郑州正在降雪,而在这南国的东莞,在这樟木头镇——我是多么喜欢这个散发着清香的名字——所属的观音山上,却阳光明媚如初夏。天蓝,云白,到处都是翠润的绿。……眼前的观音自然是美的。头戴宝冠,身披天衣,腰束罗裙,因是南国的观音,便比我寻常见的北国观音要略略清瘦一些。她端然于莲台上,柔婉的线条因着花岗岩素白刚硬的材质而显得清朴温和,简约庄严。她那么高,却并不突兀,因此也不让人受到唬震。只是人站在她面前仰望她的时候,会不由得沉默起来,只是静静地看着她微笑着坐在那里,淡丽妩媚,栩栩如生。"

据说香樟树有着种种美好象征。因它的适应力强,能成活很长时间,所以有长寿之蕴。又因它树姿雄伟且气味芬芳,因此也能指代和平正直,吉祥如意。忽然觉得,如果机缘巧合,容我在这樟木头久住些时日,应该也是能写出些东西来的。我和我的文字,或许也能在这里开花结果——文学如香樟,也如观音,无处不在,无处不附。无论北方还是南方,文学都是庄稼,人心都是土地。这看不见的土地无限广大,这小小的樟木头镇也因此而无限广大啊。

这一块压舱石

2004年春天，我在鲁迅文学院第三期高研班学习，和庞余亮同班，后来又分到同一个小组，成了嫡嫡亲的亲师兄妹。那时班里很多同学都已是颇有名气的小说家，我初学小说，他们的作品都是我的研读对象，庞余亮也在其列。他在大刊发了不少小说，散文写得也好，如《半个父亲在疼》，偏低温的叙述，语言的诗意和弹性，丰富的结构层次和情感肌理，至今让我印象深刻。

没想到他后来写了儿童文学，一本本地写，一本本地出。初读时我很讶异，因这和他的小说、散文是截然不同的气息风貌。在《躲过九十九次暗杀的蚂蚁小朵》这本出版前，他不知道为何找到我，让我给写一段推荐语，我也就不知天高地厚地写了："庞余亮把他最奇异的想象、最有趣的语言、最纯真的柔情和最诚挚的信任都放在了他的童话里，呈献给这世界上最可爱的小心灵。"

推荐语一向不宜长，我有些言犹未尽，正好以《小虫子和我》这三篇为契机在这里再说几句——简而言之，他真是太会写了，哪怕是写这么小的篇章。好作品如同好珠宝，关键不在于体积大小，而在于成色。成色好，再小也会亮。

虫子本就已经很小，小虫子就更小。"麻雀虽小，五脏俱全"，这是个比麻雀还要小的小世界，简直是神经末梢般的小。而这小，又偏要往深阔处去才能摆脱窠臼，自有其意。是的，这个小世界也是容易有窠臼的，乡村的这些物事，稍不留神就会让作者陷入对素材储备的炫耀模式。他却成功地避开了这些。我们也可从中读到些许植物、动物和农事知识，固然新奇有趣，他却很节制，没有过于铺张，也无意让读者流连于如此的乡村风情。他的核心裹于其中，因玲珑剔透，便也昭然可见。

如《不再闪烁的萤火虫》："有一天晚上，我在万家灯火中忽然想母亲了，母亲早在一个春天里去世了。""那些敏感的独自怀念母亲的不再闪烁的萤火虫啊。……这些微小的光亮和我心里的思念一样，平时不被察觉，可始终就在那里。那些微小的却可以照亮我心底的萤火虫啊。"如《知了知道的秘密》："偷六指奶奶家桃子的秘密，悄悄对着草垛说父亲坏话的秘密，还有许多许多不好意思说出来的秘密。……我们村庄的知了们全知道吗？"如《桑天牛的旧衣裳》："但我一直知道那个捉天牛的调皮小孩心里在想什么，就像我总能看见人们衣裳掩盖下的心事重重。"

——心事，就是他固守的核心。对母亲的思念，自己的小隐秘，旧衣里的情绪，这都是心事。心事做底，小虫子就不只是小虫子，乡村风情也不只是乡村风情。这些都发生了微妙的化学反应，原本平朴的一切因此熠熠生辉，闪闪发光。

说到底，写作就是在写心事。心事中一定有故事，故事中却不一定有心事。某种意义上，作品的重量就是由心事的重量决定的，所以我们会说"心事沉沉"。因是真正的分量所在，心事也才会"沉沉"。若是只讲故事不讲心事，其故事就只能浮在表面，顺水漂流，不知所终。而会写心事的，如庞余亮这样，心事有多深，故事就有多深。他妥妥地用好了心事这一块压舱石，让心事和故事并肩携手笃定而行，当然就能行稳致远啊。

我们的村庄

"故乡是离开才能拥有之地",忘记了这句话从何听起,却一直刻在了记忆中。自从工作调动到了北京,在地理意义上距离故乡越来越远之后,就更深刻地理解了这句话。人的心上如果长有眼睛的话,心上的眼睛如果也会老花的话,可能确实需要把故乡放到适当远的距离,才能够更清晰地聚焦它,更真切地看到它。

也许是因为远离了的缘故,近一年来,每次回去,我都会格外贪恋,趁着空就使劲儿地东跑西跑。主要是去村庄。生我养我的那个名叫杨庄的村子位于焦作市的南部平原上,因为和市区挨得近,现在已经被拆得七零八落,想要看形态完整的村庄,最好的选择是一路朝北,到南太行的山里去。以赫赫有名的云台山景区为范围,它的前后左右就星罗棋布着诸多大大小小的村庄。修武县近几年正着力推进的县域美学经济,就是以这些村庄为主体。亲友们但凡有空,就会陪我上山。其实无论我回不回来,他们都经常上山,看他们的朋友圈就能欣赏到山中的四季美景,隔着屏幕都能闻到他们晒的应季美食。

看得多了,就想写。看得再多些,却又不知从何写起。

究其根源，还是看得不够。那就继续看。申报中国作协的定点深入生活项目时，我选了两个具有代表性的村子作为驻扎点，一个是浅山区的大南坡村。早在二十世纪七八十年代，大南坡凭着煤炭资源一度非常富裕。后来煤炭资源枯竭，环境也被破坏得很不堪，和无数村庄曾经的命运一样，青壮年出去打工，出去就不愿意再回来，偌大的村庄变得破败寂寥，渐渐成了一个空架子。政府主导的美学经济规划到了这里后，村里原有的大礼堂、学校、祠堂、村委会等这些重要的公共建筑都被富有经验的乡建团队逐一做了精细的修复，修复得原汁原味，很快成了网红打卡地，游客们纷至沓来。与此同时，社区营造也深入到了村庄内部，村民们自发组织环保队定期捡垃圾，恢复了昔年的怀梆剧团重新开始排演，学习着各种手工艺制作……如今的大南坡弥漫着丰饶的活力，生机重新焕发出来，充盈着内外。

如果是说大南坡的振兴方式是"先规划，后生长"，那么一斗水村的路径可谓偏于"先生长，后规划"。这个卧在太行山怀抱的村子在云台山的最高峰——茱萸峰的峰后，属于深山区，以石头房为特色民居，2013年就入选了"中国传统村落"，确实也保留着浓厚的传统韵味。村庄紧挨着联通晋豫的白陉古道，新世纪以来，因云台山景区的辐射性影响和乡村旅游业的日趋兴盛，自发到这个村子里游玩和小住的人越来越多，村民们便自主经营起了多家民宿和农家乐，形成了一定的规模。近年来，政府也对其进行了必要的引领和扶持，进一步提升和完善了水、电、道路、环保等配套的基础设施，既保护了其璞玉浑金的天然风韵，也使之更适宜于时代的发展需求。两年来，断断续续地，我在这个村子住了颇多一些时日，进到许多家串门闲坐，听到了许多有趣的故事。

每到这些村庄里，都会感觉到既熟悉，又陌生。既是熟悉中的陌生，也是陌生中的熟悉。熟悉是因为它们的气息跟我的杨庄是那么相近，陌生是因为它们与我的杨庄又是那么截然不同。每次看到村民们由衷的笑容，听到他们鲜活的讲述，我都忍不住感叹，这真不是坐在书房里能想象出来的啊。我当然也清楚，乡村存在着很多问题，需要严峻的审视和探讨。那些问题确实也是现实一种。可我所看到的这些不也是现实一种吗？对于乡村的架空判断，永远都只是一篇干枯的论文。只有走到乡村内部去端详，你才会知道，它蕴藏的其实是一部怎样丰沛丰满的小说。

我的杨庄已经越来越接近于一个实体破碎的地理名词。作为紧邻城市的乡村，作为城市化进程中一种典型的乡村样态，它迎接的是一种普遍的命运。这也没有什么不好，虽然我是如此怀恋。在深入到大南坡和一斗水这些村子后我更确认了这一点。什么事物不在变动呢？都在变动中。乡村亦然。浩荡的岁月风云涤荡到了乡村，它会撕裂，会疼痛，会衰老，甚至会黯然神伤。但当时节转换，甘霖细雨洒来，它自然也会洗净尘灰，再现姿彩。——不知道别人怎样，反正我是越看越有意思，越看越爱看。作为一个半主半客的人，我时近时远地看着这些村庄，感受着它们的"横看成岭侧成峰，远近高低各不同"的动人魅力。我知道,我的杨庄在它们这里以另一种方式活着,或者说,它们在替我的杨庄活着,且活得是那么滋味美妙,意趣无穷啊。

只是征行自有诗
——乡村题材写作漫谈

所谓的乡土中国，作为中国最重要的粮食基地之一的河南，在"乡土"一词上带有命定的强大基因。"土气"浓郁的河南，不仅丰产粮食，也丰产文学。近些年来，身处深厚的河南文学传统中，我越来越清晰地认识到了乡土文学对于河南作家的价值和分量。新时期以来，诸多杰出的前辈都在这个领域体现出了极强的文学自觉，豫南之于周大新，豫北之于刘震云，豫西之于阎连科，豫东之于刘庆邦，豫中之于李佩甫……他们笔下的中原乡村都如乔典运的那个比喻"小井"，成为他们取之不尽用之不竭的创作源泉，也通过他们各自的镌刻而成为河南乃至中国文学地图上闪闪发光的存在。福克纳曾说："我一生都在写我那个邮票一样大小的故乡。"寻根究底，谁的故乡不是小得像一枚邮票呢？在这盈尺之地，优秀作家们的如椽之笔皆可大显神通。他们笔下的这枚小邮票似乎有无限大，可以讲出无数故事；似乎也可以走得无限远，寄给无数人。票面之内信息丰富，经得起反复研析，票面之外也有一个广大的世界，载着人心驰骋翱翔。

说来惭愧，作为一个乡村孩子，很年轻的时候，我一直想在文字上清洗掉的，恰恰就是这股子"土气"。如今人到中年，经过这么多年生活的捶打和文学的浸润，我方才逐渐认识到这股子"土气"是一笔怎样的资源和财富——这股子土气，往小里说，就是我的心性。往大里说，意味的就是最根本的民族性。也方才开始有意因循着前辈们的足迹，想要获得这"土气"的滋养，被这"土气"恩泽和护佑。

这些年，每次采风，去过省内的许多村庄：信阳的郝堂和辛集，商丘石桥镇的孙迁村，我豫北老家的杨庄。去省外采风，只要有机会，我一定会去乡村走走看看，江苏赣榆，福建福鼎，江西吉安，甘肃甘南……这些地方最基层的村庄我都去过，感受到了丰富的气息。当然，感触最深的，还是河南乡村，无论走到河南的哪个村庄，都会让我觉得像是我的豫北老家，《拆楼记》《最慢的是活着》里的那些原型村庄，都会让我有骨肉之暖和骨肉之痛。

也是这些横向的行走和纵向的惦念让我了解到，这些村庄正处在各种各样的变革中。距离想象中的目标，这些乡村的变革还远未完成，甚或也许永远也不能抵达理想的完成，因为总有新的渴望、新的期许、新的可能性，这也正是乡村的生命活力决定的。也可以给写作者打开一个无限多样的素材库，供其拣选。"闭门觅句非诗法，只是征行自有诗"，在这些乡村现场，我的写作欲望总是会被强烈地激发出来。想要写，且努力去写好。

怎么写？

想来想去，肯定还是那四个字：现实主义。

写作这么多年来，我越来越觉得，一切写作，都和现实有关。所有人和所有题材的写作，本质上都是现实主义的写作。"现实主义是乡村写作的优秀传统"，人们通常都会这么说。容我根据阅读经验冒昧推断一下：在谈及小说创作方法的时候，现实主义应该是最高频率的词，没有之一。因为被最高频率使用，它几乎成了一个习惯的固化定语。但其实，它岂止是一种创作路径？在路径之下，铺垫着坚实的写作态度，这种态度，意味着谦卑、忠直、敬重和审慎，意味着发现、批判、理解和关怀，意味着包容，意味着宽阔，也意味着丰饶。而在路径之上，它也是一种思考力的呈现，意味着一个总体性的认知立场。

何为现实主义的"实"？我想，这个"实"，不是描摹的纪实，不是愚蠢的预实，而是最深的真实，和最高的诚实。如对乡村，这个"实"，固然是指乡村实体，可这个实体却也有无限漫漶的外延边缘。这个"实"，固然是乡村的现实，可这个现实却也不能脱离历史的长影而孤存。因此，认识乡村，写作乡村，从来就不能仅限于乡村的事，而是对个体与整体、历史和现实、地缘和血缘、中国与世界等多方位多维度的观照和把握。这意味着作家的视域宽度、认知高度和思考深度，还意味着在合乎文学想象和生活逻辑的前提下，作家是否有能力参与宏阔的历史进程，以文学的方式描绘出富有价值的建设性图景。

可探讨的话题还有很多，比如如何践行宏大主题。乡村固然一向就是一个宏大主题。有意思的是，无数力作证明，让人震撼的宏图巨制,细节更要经得起推敲。越是宏大的主题,可能越是需要小切口的进入和细微表达,才更能让人信服。再比如对本土叙事传统的汲取和创化——我最近一年因为写硕士论文的缘故,对格非的《江南》三部曲和《望春风》这几部长篇小说进行了文本细读,感触很深。还比如对民歌、民谣、民间故事、民间戏曲、民间工艺等这些艺术资源的借鉴和采撷。所有这些,都需要在具体的创作中慢慢斟酌。我这个土生土长的孩子,欲养久违"土气",正在踟蹰寻归,但愿为时不晚。

宝水如镜,照见此心

命中注定的返程

上世纪(二十世纪)九十年代初,作为一个土生土长的乡村孩子,中师毕业后,我被分配回了豫北老家乡下教书,四年后被调到县城工作,几年后又被调到郑州,直至三年前又来到北京。迄今为止,乡村生活在我的人生比例中所占的时间份额约是三分之一,都浓缩在二十岁之前。随着离老家越来越远,我对乡村和乡土文学的理解也有一个漫长的发酵过程。在河南文学的谱系中,乡土文学是很强大的传统力量。或许是有点叛逆,我年轻时特别不喜欢乡土,写作时极想逃避乡土这个概念,总是试图保持距离,甚至反抗。约十年前,有评论家曾问:"有不少前辈作家都有或是曾有过自己的写作'根据地',也可称为地缘上的'原乡',将之视作精神上的源脉或是情感上的情结,甚或成为创作中的一贯风格和手法,比如莫言的高密乡、贾平凹的商州、苏童的枫杨树。他们通常有一个甚或数个精神原点,或是相对固定的写作地域。在你的作品中并没有看到某种一以贯之的精神情结或地域元素，你内心有没有一个潜在的写作生发地，或是说隐秘的精神原乡？"

没有，在这方面我没有什么明确意识。我当时很决断地这么回答。还分析了原因说，这应该跟生活背景和成长环境的差别有关。许多前辈的乡土记忆完整坚实，就成了他们的一种习惯性资源。他们建立的文学世界不可避免会受到这种记忆的影响。我们这代人的漂泊性和无根性更强一些，一般也没有长期的固定的乡村生活经验，写作资源相对来说也零碎一些，当然也可能会多元一些。

——但其实，怎么可能没有呢？只是彼时不自知。不过没关系，时间会让你知。这么多年过去，悄然回首就发现自己的小说写作有了两个方向的回归。一是越来越乡土性。作为一个河南籍作家，近年来虽然已在北京工作和生活，但地理视野的多维度似乎让我的乡土性更鲜明了些。二是越来越女性化。之前我还不时地有男性叙事角度或中性叙事角度，如今几乎全是女性角度。也许在很多人看来，身为女作家进行女性化写作似乎是一种再自然不过的原点选择，可对我而言这却是一种命中注定的返程。

如果做个粗略的盘点，《最慢的是活着》或可算作是比较明晰的回归标志，接下来的几个长篇，《拆楼记》《认罪书》《藏珠记》都有乡土背景，且也都是女性角度。还有些中短篇小说亦如是，如《旦角》《雪梨花落泪简史》《玛丽嘉年华》《给母亲洗澡》《叶小灵病史》等，其中《叶小灵病史》和《宝水》有一个参差对照的关系。叶小灵的"城市梦"发生在城乡之间鸿沟巨大的上世纪末,讲述的是一个理想主义者的理想"被实现"后精神突然落空因而无处安放的故事。新世纪以来,城市化进程迅猛,想不被城市化都很困难,有意思的也许该是"乡村梦"。

最关键的这口气

最早动意写《宝水》,是被豫南信阳的一个村子所触动。那是2014年春天,一个偶然的机会,我去村里参加活动,这个村子2013年被住建部列入全国第一批"美丽宜居村庄"示范名单,也是原农业部确定的全国"美丽乡村"首批创建试点乡村。信阳毗邻湖北,山清水秀,又产茶叶,和河南其他地方很有差异性。当时村民们就已经在自己家里做民宿,他们的言谈举止和日常处事方式都特别有意思,很不同于我记忆中的农民,让我很有触动,当时就写了一些散文。后来我每年都会去那个村子几次,住上一阵子,收集的素材越来越多,可实际开写小说时我却发现状态很不好,虽然写了几十万字,有效字数却非常少。我琢磨了一下,发现此地因陌生而具备的吸引力此时又成了我难以打破的障碍。因我的童年青少年没有在这样的存在里生长过,所以即便做了很多功课,也还是感觉有一层隔膜。这隔膜似薄实厚:长篇小说要求内部这口气必须贯通,也特别考验写作者对世道人心的洞察,需要深入肌理地去了解社会规则、人情世态。但我到了豫南那边真的就是个外人,人情世故每一点我都觉得陌生,也不是多去几次就能贯通得了的。写的时候最关键的这口气就贯通不下来，这就很要命。

最熟悉的地方当然还是老家，我就尝试回到老家焦作豫北的乡村体察。虽然这些年我也不在家乡生活，有一定的陌生感，但这种陌生感容易打破。结果回到老家之后，果然马上如鱼得水。不得不承认，人情世故真就是一条很牢固的线，我小时候在这长大，就很容易进入到生活内部，就觉得写长篇的这口气突然就通了。不过我也没有直接选择生养我的平原村庄作为主体，经过慎重斟酌后，我把主体定位到了南太行山村，并选了两个村子作为长期跟踪的点，深入探访寻找想要的东西，我称之为泡村。山村的自然风景好一些，同时我老家这边也在发展乡村旅游，我在信阳那边了解到的新变化在老家基本也是同形态的，那就两边并行观察。当然，之前在信阳的积累也没有浪费，很多素材仍可用。且还有意外所得：信阳的村子走得比较靠前，正好可以和老家的村子形成链条上的接续性。而老家村子的转型因为刚刚起步，它既有很多传统的东西保留，同时也有现代化的东西，而其封闭与开放所引起的冲撞和博弈在人心人情里的震荡更为激烈丰饶，各种气质杂糅在一起，非常迷人。

泡村的同时也跑村。那就是趁着作协组织的采风活动，去看全国各地的村子。没细数过。一二十个肯定是有的。泡村是要看更深的东西，跑村是要看大面儿。其实走马观花看的都进不到这篇小说里，但我觉得确实也很有必要。因为能够养一股底气。看得越多越有底气。这会让我踏实，能让我确认宝水不是一个特殊的个例乡村，而是一个具有普遍意义的乡村。即便和诸多发展相对迟滞的乡村相比，它是一个发展得比较快的新乡村，这个新乡村也具有普遍意义。

新 与 旧

在为《宝水》做新书宣传时，媒体按惯例总是会给一些标签词来定义，《宝水》的这些词是新时代，新山乡，美丽乡村，乡村振兴，等等。再加上又入选了中国作协首批"新时代文学攀登计划"名单，于是就会听到有人问：《宝水》是命题作文吗？作为一个从业多年的写作者，以职业经验我也能推测出某些人会想当然地疑惑这小说是不是主旋律的命题作文。在一次研讨会上，评论家李国平说："宝水不是命题作文，如果说有领命和受命的意思，也是领生活之命、文学之命、寻找文学新资源之命，作者面对文学、面对生活，反映现实、表现生命的理解的自觉之命。"这理解非常精准。我最初想要写这篇小说，肯定是属于个人的自觉性。后来这种个人的自觉性邂逅了宏阔时代的文学命题，如同山间溪流汇入了江河，某种意义上就是作品的际遇。对于这种际遇，我从来不追逐。但既已邂逅，也不回避。回避也是一种矫情。

还有人问，好多人说你这小说里有新东西，你的新东西从哪里来？乍听到这个问题很茫然，后来突然想到某个电视剧里面的一个桥段：一个御膳厨房的小宫女在接受考评时品尝菜味，说这道菜里有柿子的甜味，主考官问她是怎么知道的，小宫女一脸天真地回答，因为这里面它就是有啊。它就是有啊。——小说里的新，不是从我这里而来，这新只能从生活里来，这种新，就是属于生活本身自产的生生不息的鲜灵灵的新。这新能不能被看见，能被看见多少，可能都是对小说家的某种考量。好多东西还真不是想当然坐在那想的，你只有到实地后才能知道它们能多么出乎你的意料。如果你不是走马观花，而是稍微沉浸式地去看，那就能感觉到这种新。

在驻村采访的过程中，我经常能明确地接触和感受到新时代背景下乡村的多元力量：乡建工作者、支教大学生、派到村里的第一书记等，这些力量通过各种渠道作用到村里，使得乡村之变成为一种非常鲜活的状态，这种鲜活使得我无法去进行简单的褒贬或明快的判断，也会不断突破我固有的书写经验，从而让我越来越深刻地意识到，在书房里的架空想象是多么孱弱和可疑。尤其是面对乡村，且还自持着所谓的精英视角傲慢地去框定它时，其中一定蕴藏着某种危险。

新固然是新的，但看到有媒体在采访时用"呈现了一个全新的中国乡村"这样的句子来评价《宝水》，我只有敬谢不敏。小说里有新时代乡村的新风尚和新特质，而这新也建立在旧的基础上。在江南乡村我就发现了一件很有意思的事：那些富裕乡村的宗祠都修得一家比一家好。宗祠的存在就是典型的旧，却能和新完美融合，而新旧的彼此映衬也让我觉得格外意味深长。我觉得写乡村一定会写到旧的部分，那才是乡村之所以为乡村的根本所在。正如中国之所以被称为乡土中国，那一定是因为乡土性如根一样。新时代的乡村固然有新，但旧也在，且新和旧是相依相偎、相辅相成的。新有新的可喜，也有焦虑和浮躁，旧有旧有的陈腐，也有绵长和厚重。我不崇拜新，也不崇拜旧。我在其中不会二元对立地站队。如果一定要站队，我只站其中精华的、美好的部分，无论新旧。

困 难 种 种

这小说从动念到写成用了七八年的时间。之所以用这么长时间，可能还是因为我太笨，写这一部与当下乡村密切相关的小说，对我而言非常难。难处很多，难的类型也有多种：动笔前的资料准备和驻村体察，进行中的感性沉浸和理性自审，初稿完成后的大局调整和细部精修，还有在前辈的乡村叙事传统中如何确立自己的点，等等，这都是难度，且各有各的难度。可以说，纵也是难，横也是难，朝里是难，朝外也是难。还真是不好比出一个最大的。或者说，每一个都是最大的。因为克服不了这一个，可能就没办法往下进行。

比如说，对这个题材的总体认识就很难。为什么说写当下难？因为这个当下的点正在跃动弹跳，难以捕捉。也因为很少有现成的创作经验可做参考，其情状类似于"灯下黑"。对这些难点，除了耐心去面对，我没有什么更好的办法。我真就是一个笨人，所谓的经验都是笨的经验。那就是：听凭自己的本心和素心，尽量不给自己预设，只是到生活现场去耐心地倾听和记录，再对素材进行整理拣择，然后保持诚实的写作态度，遵从内心感受去表达。

再比如说结构之难。我在小说里设置了多重结构，有心理结构、地理结构、故事结构、时间结构等。心理结构就是以女主人公青萍的心理为主线，地理结构则是故事发生地宝水村的文学地理规划，包括它要分几个自然片，要有多少户人家，哪个片是核心区，核心区里住着哪些人家，谁家和谁家挨着住，以及村子周边有什么人文景点，游客来要走什么动线，等等，都需要反复斟酌。时间结构上，我想写乡村的一年，大致背景是2016至2019年间，抖音已在流行，大疫尚未来临，乡村的诸多利好政策也正推行实施。而这一年如一个横切面，横切面意味着各种元素兼备：历史的、政治的、经济的、社会学的、人类学的、植物学的等等，乡村题材必然携带着这些。我希望切出的这一面足够宽阔和复杂。

那么又该怎么结构这一年呢？山村巨大的自然性决定了按照时序叙事成了我的必由之路。接下来就是怎么分章节，是依月份？抑或节气？我选择了遵循四季。之所以拎出季节结构，是因为我先后尝试了十二个月和二十四节气，相较一下，觉得还是四季结构的内部更有腾挪的空间。故事从正月十七开始，到大年三十那天结束。开篇第一小节是《落灯》，民间讲究的是正月十五、十六闹花灯，正月十七这天开始要落花灯、吃落灯面。最后一小节是《点灯》，民间也有讲究，大年三十那天要去上坟，要请祖宗回家过年，叫点灯。从《落灯》写到《点灯》，从冬到春，从春到夏，从夏到秋，从秋到冬,除了季节交替,整篇小说也是首尾呼应。章节题目从第一章"冬——春"、第二章"春——夏"、第三章"夏——秋",直到第四章"秋——冬",其间每个季节的重复衔接也是必然,小说里的树木庄稼也都需对应季节,因为大自然它就是如此啊。

  难的还有语言。当我决定写这小说的时候,这小说本身的一切就决定着它已有了自己的语言调性:语言的主体必须是来自民间大地。而这民间大地落实到我这里,最具体可感的就是我老家豫北的方言。从小浸泡在这语言里,我现在和老家人聊天依然且必然是这种语言。但方言使用起来也很复杂,要经过精心挑拣和改良才能进入到小说中。河南的原生态方言是极度简洁的,如我老家方言说教育孩子是"敲",宠爱孩子是"娇"。有句俗语是"该娇娇,该敲敲",意思是该敲打的时候要敲打,该宠爱的时候要宠爱。但直接用过去,恐怕很多读者会不明所以。因此我琢磨一下,改为"该娇就娇,该敲就敲",这样既保留了原来的味道,又不至于让读者困惑。陆梅老师评价说:"《宝水》的语言特别来神。甚至可以说,《宝水》的语言写活了人物、带动了故事。我的阅读感受,三成书面语、七成方言土语,就是小说里写到的豫晋交界南太行山的村俗、俚语、乡谚。这些方言土语有多少是乔叶跑村泡村和童年乡村生活经验的捡拾?有多少是她对经验和心灵的新的想象、创造和阐发?恐怕只有乔叶本人心知。"她真是太懂语言的关窍了。

  除了方言,其他语言:女主人公青萍的内心独白和老原间的情侣私语，不同级别官员使用的行政腔，媒体惯用的播音腔，支教大学生的学生腔，游客们来自五湖四海，语言也是八面来风：商人，知识分子，小市民，等等，我希望层次和样貌能尽量丰富。山村本身极其鲜明的自然性决定了散文笔法的细密悠缓也匹配整个叙述节奏，那就选择了散文笔法。"质胜文则野，文胜质则史，文质彬彬，然后君子。"我在其中反复调和着文和质的比例关系，经常能愉悦地捕捉到可心的时刻。虽然或许还没有抵达理想境界，我也只能安慰自己说：难免遗憾，尽力就好。

名　字　们

在《宝水》中，我给郑州另起了一个名字，叫象城。老家焦作，另起的名字叫予城。予，人称代词，相当于"我"。《宝水》中的叙事角度，就是第一人称的"我"。而象和予合在一起，就是豫。据《说文解字》所言，豫本义是大的象，所谓象之大者。因远古时期的河南一带有很多大象活动。

象城，予城，我敝帚自珍地喜欢着小说里的这两个地名。象城，确乎像城，却到底不是纯粹的城，在这农业大省，它还有着各种或隐或显的乡村元素。此象确实大，大如乡村，大如土地。对这大象的了解和表达，我总如盲人，《宝水》的写作便如盲人摸象。但无论如何，也算是在真切地摸着。摸到的每一处，都亲熟如予城的予。而予城所指，就是我的城，我们的城。我们实地的城和我们内心的城。

小说里的宝水村属于怀川县。于我的记忆而言，怀的第一要义不是怀抱的怀，而是怀庆府的怀。怀庆府是老家焦作的古称。因为怀庆府的缘故，老家所属的豫北平原还有一个别名，就叫怀川，又称牛角川，因它由狭至宽呈牛角状。牛角川四季分明，日照充足，地下水充沛，无霜期长，雨量适中，是一块丰腴之地，极有代表性的特产是四大怀药：菊花，牛膝，地黄，山药。尤其山药最负盛名，人称铁棍山药。

小说里主要人物的名字我也都敝帚自珍地喜欢着。动笔之初就决定让青萍姓地。老原这个原，就是原乡和原心。孟胡子全名孟载，孟即是梦。大英要姓刘，她是留驻乡村的坚决派。九奶叫迎春，姓何。青萍奶奶也必须叫王玉兰，因为我的奶奶她就叫王玉兰。

对了，还有杨镇长。他的绰号就叫"烩面"，倒不是因为吃烩面，而是曾经用烩面碗喝过酒。在郑州，到处都是烩面馆。哪条街上要是没有一家烩面馆子，那就不能原谅。先喝汤，再吃面。吃着烩面你就会知道，像河南这样的地方，像郑州这样的城市，也确实是最合适吃烩面的。也只有这样的地方，才会有这样的吃食：那种倔强的香，笨拙的香，筋道的香。

在小说的第一章第十五节《挖茵陈》里，我写女主人公青萍跟着村支书大英去挖茵陈，"走了不知多久，岂止是茵陈，连别的一丝绿影儿都没看见。大英说，甭急，一会儿就啥都有了。走慢些，仔细看，啥都有。果然。蹲下去贴地去瞧，泽蒜已经有了浓密的绿发"，随之，青萍就看见了细绿的新山韭正生长，也看见了越来越多的茵陈，甚至还看见了之前从未注意过的榆树的暗红色的小花。"回去的路上，再看周边，满眼里已经处处都是绿的点滴，许多干枝也渗出了隐隐绿意。不由得暗暗感叹，多么奇怪，当视觉的焦点和重心发生变化时，看到的东西居然能和之前如此不同。"

也许写作的人就是这么自恋——我把自认为的深意都埋在这些叙述中，希望读者能够读到，也相信一定有人能够读到。

从河南到北京

来北京工作后，我把家安在了通州。通州是城市副中心，因为经常去作协处理工作上的事，所以日常就是坐一号线转二号线，在副中心和中心打来回。尽管之前也常来北京出差和学习，但客居和定居的体验感受还是有着本质的不同。写作状态也因此发生了改变，在不断调整中，我尽力使得《宝水》的气息充盈和饱满。

一直以来，我写作长篇时的习惯是：既要沉浸其中，也要不断抽离。在这个意义上，必须感谢北京。"故乡是离开才能拥有之地"，忘记了这句话从何听起，却一直把它刻在了记忆中。自从工作调动到了北京，在地理意义上距离故乡越来越远之后，就更深地理解了这句话。人的心上如果长有眼睛的话，心上的眼睛如果也会老花的话，也许确实需要偶尔把故乡放到适当远的距离，才能够更清晰地聚焦它，更真切地看到它——在河南写《宝水》时一直在迷雾中，尽管基本东西都有，却不够清晰，在北京这几年里写着写着却突感清晰起来。如果没来北京，这篇小说可能不是这个质地。现在回头去想，北京和故乡有接近性，同时又有差异感，这个尺度还挺美妙的。

最近常为读者签《宝水》，我最爱写的一句话是："宝水如镜，照见此心"。"如镜"之意明了，"此心"却不易解。或许也正因为不易解，也才更有意思吧。

创作谈一种

"小说慢慢进行中。"

"今天小说收获不错。能这么写小说,真是享受。期待明天啊。"

"小说这两天没有进行。真是苦恼。素材是问题,语言是问题,结构是问题,当什么都是问题的时候,其实是我自己的认识问题。还是因为没想好。慢慢来吧,有什么办法呢?没办法。"

"继续搞小说,通看了前三章,觉得还可以,觉得自己还是有点儿才华的,哈哈。就是这么起伏不定啊。"

"今天进行了一点点。觉得自己才华太不够了,体力也不够。简直是兵荒马乱啊。"

…………

这两天翻开近几年的日记,关于《宝水》,诸如此类的记录比比皆是。

也有更具体一些的。

"今天决定把小说结构调整成春夏秋冬四个大章节。按月份的话太拘谨,会局限于时令,还有章节之间的勾连度,故事的相扣度,都会被捆绑得太厉害。这一章节如果三万,那一章节如果一万五，就会想着怎么匀过去，读者读的时候也会更照着实里，所以还是分成春夏秋冬吧，更朗阔些，无论虚实也会更有弹性一些。"

也有特别低潮期的。

"一天没出门，继续磨小说，可也没有什么进展。黄昏时分，某某来电话，我长吁短叹跟她说，庄稼分大小年，写作也分大小天。我这一会儿行一会儿不行的。有时候一天开始，以为自己不行，后来居然又慢慢行了，有时候一天开始，以为自己很行，结果又不行了……唉，神经病啊。她就劝我，劝得还蛮有道理：'你这还是心态紧张。要放松写。要学会瞎写，随便写。像我吧，面对复杂的大画，我会想，啊，怎么办，太复杂了，没办法，我没办法。但还是要下手画，先从最基本的地方把问题分解，再大的画不就是三朵花吗？先画第一朵，第一朵的第一笔，第二笔，一笔一笔来。'"

有从村里回来后的感受。

"很多东西真的不能想当然。去村里跑跑看看后，很多想法都变了。"

"今天请某某给我讲山里的物候，这一段时间要麻烦他了。"

"今天听某某讲了不少他做镇长时期的事，收获很大。这样的人讲述最有意思，因为不任现职，很多话就能放开讲了。"

在《宝水》之前，我好歹也算写过了四个长篇：2002年至2003年是《我是真的热爱你》，2011年是《拆楼记》，

2013 年是《认罪书》，2017 年是《藏珠记》，《宝水》是第五个，也是最艰难的一个。

经验固然可以累积，但其实每次都需要重新开始。经验常常是有效的，经验也常常是无效的。这是小说——尤其是长篇小说创作最让人幸福的一点，当然也是最让人绝望的一点。所以，每当有初学者让我谈谈经验时，我的回答都是怎么不依赖经验、怎么去努力清零，听的人往往会有些懵，但我确实也给不出更好的说法。

我喜欢福楼拜，因为特别喜欢《包法利夫人》。而这部经典之作衍生出的最出色的周边作品无疑就是朱利安·巴恩斯的《福楼拜的鹦鹉》。其中的很多句子都是从我心里掏出来的。比如——

"你必须根据你的感情来写作，确定那些感情是真实的，然后让剩下的一切都靠边站。"

"当一行文字写得很好时，它就不再属于任何流派。"

对了，关于深入生活的问题，还有小说中的"我"即女主青萍的叙述角度既内且外的立场，我也找出了相契之语："写出饮酒歌的人，并不是酒鬼。他清楚这一点。另一方面，他也不主张完全禁酒。也许，他最好的表述是：作家应该像蹚入大海那样蹚入生活，但最多走到齐腰深的水中。"

——关于《宝水》，我已写过 N 篇创作谈，这次为《中国文学批评》写的与以往全都不同，可否算是创作谈的一种？

在 灯 光 中

1

宜宾市李庄古镇，这地方虽是第一次来，于我的感觉却早就很熟悉了。显性缘由是吃。单位所在地位于北京西城区和平门，附近最有热度的饭店便是宜宾招待所对外营业的"宜宾人家"，号称京城川菜前三。人气爆红到什么程度？大厅散座平均等位一个半小时，想要预订包间则要提前两三个月。有位朋友曾托我预订过一次，彼时是六月，听说九月才吃上，她愕然道，真疯狂。被挑剔的京城食客如此追捧自是有道理的，因为着实好吃。我每次必点的菜就是李庄白肉，必点的主食则是燃面——多么惭愧，我对于宜宾和李庄，亲身体会的元素竟是如此浅薄。

深层缘由就是听过多遍民国时期的"李庄故事"。"同大迁川，李庄欢迎，一切需要，地方供给"，无条件的全盘接纳，这十六个字电文所蕴含的意味尽在于此。持着这份邀请函，1940年同济大学、中央研究院历史语言研究所、金陵大学、中央博物院、中国营造学社等一起迁入李庄。于是不足三千人的李庄，安置了一万两千名的师生，在这里，他们一住就是六年。

六年，于历史而言不过是弹指一挥间，可在彼时彼境，对于接纳了这么多外客的李庄和这么多被接纳的外客来说，这就是过日子，一天一天的日子。六年，两千多个日子。这厢边大字不识，那厢边满腹经纶。这段时日硝烟战火，那段时日柴米油盐。条件如此有限，缺吃少穿、病着饿着都是客居者们的常事……这些人都是怎么过的呢？

在李庄的三天里，史语所、营造学社等这些旧址之地我去了两次。第一次去时同行的人多，顺着人流走，觉得没看够。便趁着第二拨人去的时候又去了一次。这些旧址的环境都很简朴，如果门口没有挂相关的牌子，如果里面没有陈设各种图文资料，如果没有摆放着俨然是旧年代的椅柜桌床——如果没有这些人留下的这些印迹，那从外观看去，这就是最普通的川式民居。但有了他们的印迹，一切就都变得不再一样。在越来越多的细节中，我也找到了越来越切实的依据来回应着内心的疑问：重重艰难困顿中，这些人的心力丝毫没有萎缩，甚至更为强劲。学业学术从不曾搁下，在断壁残垣里也在萌着芽，抽着叶，开着花，结着果。例子不胜枚举：同济大学医学院在李庄上解剖课，被村民误以为在"吃人"，从而开展了也许是最早的乡村医学普及教育。中央研究院历史语言研究所（简称史语所）在1940年9月安顿下来，10月份就开始调查寻甸倮倮语，且看他们1941年的工作简历——

1月，调查宜宾遗址。

3月,与中央博物院筹备处、中国营造学社合组川康古迹考察团,调查新津、彭山等县遗址。

7月,调查川康民族与文化,发掘彭山江口镇崖墓。

8月,调查黔桂台语、洞水语、莫家语。

9月,调查四川理番遗址。

…………

也是在李庄,梁思成编写了具有奠基意义的《中国建筑史》。在营造学社旧址旁的梁林故居里,我看到了梁思成绘就的河北蓟县(现天津市蓟州区)独乐寺观音阁和山西应县佛宫寺木塔图纸,虽然是复制品,但仍可见充沛的精准的科学之美。在建筑学方面可谓白痴的我是以欣赏画作的心情来看这图纸的。这出自建筑学家笔下的图纸,线条如此流畅优美,却又显然有着独一无二的个人神韵。你能想象吗?他当时的绘图工具,仅仅是最简单的鸭嘴笔和黑墨水。据说梁思成是把将墨水滴在鸭嘴笔上,通过调节笔侧面的螺丝松紧来控制墨水流下的速度,以此来控制墨线的粗细。

梁思成和林徽因,这一对神仙眷侣,他们的故事可真多啊。当然,迄今为止,他们最被人津津乐道的还是各种版本的情感逸闻乃至传奇八卦。年轻时候的我也颇有一股子通俗热闹劲儿,也在无数人的叙述里爱上了他们。如今年纪渐长,知道了他们更多的事,关注的重心和焦点便发生了转移。阿来先生在某篇鸿文中谈及梁林和李庄的关系时曾说——

"……比如说怎么讲梁思成林徽因及其他人的爱情故事,也是一个问题。因为今天我们所处的消费时代,这个故事如果讲得不好，就有可能像当下很多地方一样，只热衷于把林塑造成一个被很多男人疯狂追求的人，这既轻薄了林，也轻薄了那些美好的爱情故事。我们更应该把她作为一个知识分子的建树，尤其是作为一个知识女性在那样的年代里，一个大家闺秀沦落到一个乡间妇女的日常生活的焦虑中的对家庭的倾心维系，对学术研究的坚持表达出来。她的弟弟二战中死在战场上，她是怎么对待的，而不被这巨大的悲痛所摧垮，这是什么样的精神！即便说到爱情，她病得那么重，金岳霖专门从西南联大过来为她养鸡，这故事怎么讲，今天我们的故事讲得太草率了，不庄重，逸闻化。长此以往，李庄这样一个本身可以庄重的，意味隽永的故事慢慢就会消失它的魅力。"

无比赞同。

但李庄故事确实也是太难讲了，可谓一言难尽。不过话说回来，却也可以语短情长。史语所离开李庄之际，留下了一块碑，碑顶是四字甲骨文："山高水长"，题首为"留别李庄栗峰碑铭"，我便简称它为"留别碑"。碑上的字数通篇计不过五六百，翠竹影下，镌迹红得幽深。其中有言："幸而有托，不废研求"，让我的目光驻留良久。如果说学者们结结实实地做到了后四个字，那么胸怀大义的李庄人做到的则是前四个字。"不废研求"是学者的殊为不易，"幸而有托"则是民间的瑰意琦行。这也正合了"山高水长"：山确实是高，水也确实是长。山之高，是精神的超拔。水之长，则是人情的厚重。

旧址外是一方方田地，田里种着水稻，也种着茄子、辣椒、西红柿等菜蔬。本土的朋友说，因为当年学者们曾在这田里种菜种稻以自养自足，如今依样种些东西便是向他们致敬的方式。嗯，这致敬方式很不错。

我在田边静静地站了一会儿。

2

忽然想起几年前的一趟行程来。那是和几个朋友重走了当年西南联大的迁移之路。我们从长沙走到了昆明。山一程，水一程，在山山水水间重温着西南联大的往昔，重温着这一节历史的大课。这一节纬度宽阔的高能大课里涵盖了多少内容啊：爱国，战争，时代，启蒙，自由，文脉……仰取俯拾，一树百获。

在昆明的西南联大历史资料馆里，有师生们从长沙到昆明的路上留下的一些珍贵的史料级别的照片，我一一翻拍下来。幸而有这些老照片的印证，让我们得以真切直观地感知到他们都经历了什么——

他们睡地铺，挑脚泡，在野外支锅做饭，在极简陋的茶馆小憩。

闻台儿庄大捷，师生们举行了庆祝大会。

听说前方有匪，他们走小路行军。

在贵州卢山时，苗民给他们跳了竹笙舞表示欢迎，曾昭抡教授跳了华尔兹作为回礼。

他们也毫无浪费地进行了学业：对沿途之地进行了人文社会考察与地理写真。由国人来做这件事，这在湘黔滇的历史上是第一次。其中很著名的成果就是哲学心理教育学系的学生刘兆吉组织的诗歌采风小组采集到两千多首民谣，后来在闻一多先生的指导下编成了《西南采风录》。政治系学生钱能欣则根据自己的日记整理出了《西南三千五百里》，他后来回忆说："临行前，我看了能找到的所有资料，遗憾的是关于我国西南地区的记录多是外国人做的。因此，出发前我已经有准备，要把沿途的见闻记录下来……我要写一本中国自己的西南实录。"

"经过艰难徒步的天之骄子们，再也不会觉得祖国和人民是遥不可及的抽象概念了。"——展览图片上这句话，深得要义。

某天午饭后，我们来到了湖南新晃县的龙溪口古镇。在这个镇子上看了好几个院子，都有特色。万寿街53号的三益盐店，就是清华大学、北京大学和南开大学的"旅行团辅导团驻址"。向前走几步左转是若水居，取名《道德经》里的上善若水。大门口右墙上有几块标牌，其中一块是"中国乡村儿童联合公益西南办"。若水居对面的福寿街8号是临阳公栈，这是梁思成和林徽因当年旅居之地。门锁着，一辆带着雨披的电动车横在门前，我们还是一一在门前合影，照出来的姿态都有些准备骑电动车而去的架势，倒也有些行者之趣。

在一个三岔街口我们延宕了一会儿，因一户人家门前支着一排雨棚，第一个棚下起着炉灶，正在做热气腾腾的大锅菜，看着像办白事，一打听，果然是。另几个棚下的人们，吃饭的，聊天的，打麻将的，玩游戏的，一派热热闹闹的景象。这场景我很是熟悉亲切，在我们豫北乡下也是如此。民间白事必是人多热闹才有体面的。就是这样的办法。

这里的人们，也是西南联大的学子们当初"有托"的所在啊。

又想起几年前曾参加过一次"探秘敦煌"的跨界文化活动，其间和同行者们一起去拜祭了敦煌前辈学者们的公墓。墓地就在敦煌石窟的对面，遥遥地隔着宕泉河。

碑群的最高处，安息的是常书鸿和段文杰。

常书鸿，1927年留学法国，以油画系第一名的成绩毕业于里昂国立美术学校，之后通过了里昂赴巴黎的公费奖学金考试，进入巴黎美术学院深造，作品在法国国家沙龙展中多次获奖，后来在巴黎娶妻生子，日子过得富足安逸。直到他在巴黎街头看到了柏希和当年在敦煌拍摄的敦煌壁画图集，大为震惊。1936年，他毅然回国，时任北平艺术专科学校教授，不久就是卢沟桥事变爆发，战乱开始，七年的颠沛流离之后，1943年，他才来到魂牵梦萦的敦煌。1944年，敦煌艺术研究所（现敦煌研究院）正式成立，他成为首任所长。这位院长做的都是什么活儿呢？给石窟安门，在窟外修墙，临摹壁画，晚上还要拿着棍棒巡夜，以防盗贼。

段文杰出生于1917年，1940年考入国立艺专国画系，师从潘天寿、林风眠等人。1944年，他看到了张大千、张子云等人在重庆举办的"敦煌壁画临摹展",就有了奔赴敦煌之意。1945年,他毕业后去往敦煌,在兰州时听到了敦煌艺术研究所解散的消息,非常失望。此时正好碰到了常书鸿先生——时任第一任所长,常先生说,自己正准备去重庆,为复所努力,让段先生在兰州等待。1946年,段先生跟着常先生来到了莫高窟,再也没有离开。

是的,再也没有离开。他和常先生都是。

我们一块碑一块碑地走过去,在每一块碑前鞠躬,祭洒一些纯净水。无花无酒的我们,也只能用这种方式来表达敬意。这一刻,我也觉得,用纯净水向他们祭拜,也许确实是更适合的。后来我还特意往上走了走,直到把他们的墓碑纳入手机镜头。他们的墓碑正对着的,就是高高的九层楼。这一刻,我仿佛拥有了他们的眼睛,替他们在看着九层楼,看着莫高窟。

一路上,大家也热烈地讨论着第三任院长樊锦诗。这位老太太被称为"敦煌的女儿",见过她的人都说她"气势如虹"。1963年,她毕业于北京大学历史系考古专业。毕业前夕,她和同学到莫高窟实习,毕业之后,她义无反顾地来到了重返这里,开始了自己的敦煌人生。"文革"时她也受到了冲击,被下放劳动,临产前三天还在地里,孩子没满月她就上了班。她的丈夫是大学同学彭金章,在武汉大学当老师,后来她让丈夫把孩子带到了武汉,第二个孩子则让上海的姐姐抚养。无论多么艰难,她对敦煌,对莫高窟,都没有动摇。"文革"结束后,敦煌研究院重入正轨,她和马世长、关友惠等专家们的一批论文发表，改变了"敦煌在中国，敦煌学在国外"的局面。1987年，莫高窟成为中国首批世界文化遗产，某些地方领导片面强调要用文物来开发经济效益，她深感忧虑，多方奔走，使得《甘肃省敦煌莫高窟保护条例》出台，莫高窟终于有了护身法。此外，与国际科研机构合作，对壁画和彩塑的病害进行深入研究，对窟外的风沙进行预防性治理，运用先进科技记录和保护石窟的精美艺术……都是她孜孜以求所做的事。

在众人的讲述里，我默默地想象着她的神情。我买过她的书，书中有她的照片，她很瘦，戴着眼镜，花白的头发很浓密，精神矍铄。虽然笑容灿烂，可是依然有挡不住的强硬。是的，有些人就是如此，他们的笑容都是有骨头的。

在经过了程序严格的特批后，那次我们还被获准进了一座正在修复的洞窟。其中的一位修复技师姓杨，他穿着蓝色工装，小麦色皮肤，身材健壮，面目敦厚，一看就是典型的西北汉子，说话也是浓浓的西北口音。他腿脚不太好，似乎是受伤了。可他也不歇着，陪着我们，随时回答我们的提问。我们不提问的时候，他也不多话，就那么安静地等待着。讲到修复的细节，他的话才多了起来，说他在摸索尝试更好的方法。他把我们引到一面墙前，用手电照着一小块地方，那地方，也就是大拇指指甲盖大小。他说，他修复这么小的地方，也用了大半天。

窟内还有一位相貌娟秀的女技师，我蹲到她身边，想和她聊几句，可她是那么凝神专注，就让我不大好意思多说了，只是跟她打了个招呼。她微微地笑了笑，那一瞬间，她的眼神，真是清澈。

那天晚上，我们还逛了当地很有名的夜市，我在夜市上大肆采买了一番：冰箱贴，木刻画，围巾……因为夜市上的小老板们的游说，使得我看见什么都想买。他们不是一般的小老板，每个人都显得非常有文化，他们会指着冰箱贴上的图案告诉你，这是第几号窟的藻井，这是第几号窟的飞天，这是第几号窟的菩萨，这是第几号窟的经变图……听他们如此这般地讲着，我就会很想买。

在夜市的牌坊底下，我还看到了《丝路花雨》的演出。丝路花雨，很小的时候，我就牢牢地记住了这四个字，因为觉得这四个字组成一个词太好听了，太悦耳了。还清晰地记得电视屏幕上那些娇艳妩媚的女子恍若仙子舞动的样子，对了，还有她们的宽腿裤——我一直认为喇叭裤的发明应该能从她们这里找到源头。

这么近距离地看着她们，几乎能听到她们的喘息声。她们的妆真浓啊，粉涂得真厚啊，假睫毛贴得真长啊，假髻堆得真高啊，假珠宝真闪亮啊……周边一圈圈一层层的人，要么拿着手机不停地拍着她们，要么就只是呆呆地看着她们，仿佛她们是人间幻景。

不知怎的，这情形居然让我想落泪了。

我知道，在段文杰、常书鸿和樊锦诗们的背后，就是这些素朴的人们：修复的技师，夜市的小老板，路演的演员，他们或许一生都籍籍无名，却也都在以自己的方式做着些什么。如果说段文杰、常书鸿和樊锦诗们宛若灿烂星辰，那么毫无疑问，这些人们就都是星辰们的底：底根，底基，和底气。

3

我们在李庄的最后一顿晚餐是在安石村吃的，很美味的农家饭。饭后又有当地朋友力邀着去宜宾市内吃烧烤，盛情难却，我便和梁鸿、葛亮、李清源、孙频、马拉等几个朋友一起去了。吃烧烤前先到了市内地标"夹镜楼"。金沙江和岷江在此汇流后成了长江，所以是三江汇流处。在夹镜楼旁边的古城墙上，一行人站成一排，默默地欣赏了一会儿江景。即便是夜色深沉，看得不甚分明，可视野里的景象依然壮观。

——因为有灯。

江面的船上闪着灯。对面的山上，紫色、蓝色、黄色、白色交织成了璀璨灯海。河堤两岸街上也都是灯。

灯啊灯。

古城墙上有卖凉糕的摊子，我们便在江风中吃了凉糕，凉糕里的红糖汁十分醇厚甜美。唯一的不足是周遭很暗，桌上没灯。有人便喊老板："点个灯啊？"

"来啦。"

于是一盏汽灯点了起来，玻璃罩中的火焰飘飘摇摇，在这暗中朦朦胧胧的，营造出一种氤氲如画的氛围感。

不由得就想起孔子。事实上，只要想到灯的话题，我就会不由得想起他。"天不生仲尼，万古如长夜"，这是古人的喟叹。此句史载朱熹,朱熹又说自己取自唐子西。而唐子西则在自己的文字中很严谨地注明:"蜀道馆舍壁间题一联云:'天不生仲尼,万古如长夜',不知何人诗也。"于我而言,著作权是谁的都不重要,重要的是这句话说得好。遥想孔子所在的那个时代,混乱、蒙昧、厚颜、粗粝……仲尼如灯,一个民族最原初的精神黑暗,就是由这盏灯开始照亮的吧?

无论何时,灯都是必需品。所谓灯光,灯就意味着光。实指的灯光自是必要:房子需要它,道路需要它。虚指的灯光更必要:需要它照亮身外和心内的黑暗。正因为无数盏如孔子这样的灯,从古至今便汇成了一条灿烂的灯河。而某个地域人文历史对它的需要,比如李庄这样的地方——就体现在一个又一个人身上。1940年来到李庄的那些人,他们都是灯。如果说文化这个词是另一种形式的浩浩长江,那他们这些人,这些肉身已逝却精神长存的人,皆是、曾是,也必将是长河上熠熠闪烁的璀璨灯光。他们的赤诚热血和才华智慧,都是至纯至好的燃料能量。

当然,他们同时也是护灯人。而李庄呢?也在护着他们。某种意义上,那便可以说,李庄和他们都是护灯的人,都是灯罩。而享用这些灯光的,是我们这些后人。

坐在灯光里,听着朋友们有一句没一句地闲聊着,我只是遥望着江上风景,舍不得把目光收回来。有形的灯和无形的灯,有形的河和无形的河,一时间都在心中激荡着,难以平复。然而,在这和煦的暮春的晚上,在这浩荡的风中,最好的表情，也只有笑容。也许只有笑容，才最适合灯光。

长江很长。

灯光也很长。

无论如何，只要还有这灯，那就好。